동경

동경

あ　こ　が　れ

이시카와 다쿠보쿠 지음
엄인경 옮김

필요
한책

이 책을

오자키 유키오*씨에게 헌정하며

아울러 멀리

고향 산하에 바친다.

* 오자키 유키오尾崎行雄(1858~1954). 메이지明治 신 정부에서 제1
회부터 연속 25회 총선거에서 당선되며 '헌정憲政의 신'이라 일컬어졌
다. 1903년부터 10년간 도쿄東京 시장을 역임했다.

딱따구리[1]

-우에다 빈[2]

바라문婆羅門 스님 경작한 텃밭 쪼아 먹는 까마귀,

우는 소리가, 귓가에 익은 건지,

허풍선이 새[3]라는 별명 걸맞게

거짓으로 우짖는 탁한 소리를

더없는 노래라며 추켜세우는

부엉이, 올빼미나 찌르레기가

합창하는 장단도 가소롭구나.

들리지 않느냐, 봄 산길 가는 자

숲의 깊은 곳에서, 벤 나무에서

터억터억 하면서, 산속 더 깊이

고요하고 그윽한 메아리 소리.

이는 애초 신선의 도끼 소리랴,

좋든 싫든 다리 끌며 산귀신 할멈

돌고 도는 산속 둘레길 돌아,

윤회의 업이라도 찾아온 건가,

아니 아닐 터, 한갓 새일지언정,

붉은 색깔 물들인 깃털의 모자,

검은 반점, 흰 반점 무늬 모양에,

홍매화, 썩은 잎 색 섞인 몸으로,

무슨 생각을 하나, 딱따구리가

콕콕 쪼며 건너는 노래의 가지.

정작 속은 텅 비고 썩은 나무의

줄기 속에 숨어든 작은 벌레는

풍아風雅한 숲 세상에 해를 준다고,

쪼아서 먹는구나, 절ᄒ 딱따구리.

다시 사람 세상에 가는 길 중간

어둠 속의 숲길을 헤매 다니네

진정한 사람의 길 이끌어 주는

환락산歡樂山[4]으로 가는 표시 삼으리.

아아, 동경을 품은 그 노랫소리,

물결처럼 건너와, 가슴에 스며,

몹시도 닮았으니, 미치노쿠陸奥[5]의

소토卒塔[6] 바닷가에서 두견새 소리

사라지는 소리는, 흰수염바다오리.[7]

1 이시카와 다쿠보쿠의 이름에서 다쿠보쿠啄木는 딱따구리를 의미한다.

2 우에다 빈上田敏(1874~1916)은 시인이자 영문학자, 평론가로 프랑스 상징주의 시 번역으로 유명했으며 탐미주의 사조의 이론가이기도 했다. 역시집『해조음海潮音』,『목양신牧羊神』은 일본 근대 시단에 큰 영향을 끼쳤다.

3 일본에서는 가장 오래된 시가집인 8세기『만요슈万葉集』에서부터 까마귀는 멸시의 뜻을 담아 '허풍선이 새大嘘鳥'라 불린다.

4 단테의『신곡神曲』에서 천국과 지옥 중간에서 죄를 씻는 곳으로 기능하는 곳에서 따온 역어譯語.

5 지금의 도호쿠東北 지역을 일컫는 옛 지명.

6 현재 아오모리현青森県 쓰가루津軽 지방 동부의 해안으로 미치노쿠 관련 시가詩歌의 명소.

7 원문에는 '우토善知鳥, 야스카타安潟'라 되어 있는데 이는 의성어로서, 전승에 따르면 흰수염바다오리는 부모와 자식이 서로를 부르는 울음소리가 부모의 울음소리는 우토, 자식의 울음소리는 야스카타라고 한다.

목차

딱따구리   7
_우에다 빈

동경

가라앉은 종(서시)_1904년 3월 19일   18

숲속에 서서_1903년 11월 상순   28

흰 깃털 오리배_1903년 11월 상순   30

딱따구리_1903년11월 상순   32

숨은 늪_1903년 11월 상순   34

그대에게 바치다_1903년 11월 18일   36

음악 소리_1903년 11월 30일   38

바다의 분노_1903년 12월 1일   40

거친 바닷가_1903년 12월 3일 밤   42

저녁 바다_1903년 12월 5일 밤   46

숲의 추억_1903년 12월 14일   48

추억_1903년 12월 말   54

생명의 배_1904년 1월 12일 밤   60

고독의 경지_1904년 1월 12일 밤   64

화살나무 무덤_1904년 1월 16, 17, 18일   68
    화살나무 편   70
    저주의 화살 편(촌장 아들의 노래)   76
    베틀 북 소리 편(마사코의 노래)   84

쓰루가이 다리에 서서_1904년 1월 27일   94

떨어진 기와에 관하여_1904년 2월 16일 밤   100

메아리_1904년 2월 17일   112

새벽 종_1904년 3월 17일   114

저녁 종_1904년 3월 17일   116

밤의 종_1904년 3월 17일 밤   118

탑 그림자_1904년 3월 18일 밤   120

황금빛 환상_1904년 5월 6일   122

꿈의 꽃_1904년 5월 11일 밤   124

선율의 바다_1904년 5월 15일   134

오월 아가씨_1904년 5월 16일   136

혼자 가련다_1904년 5월 17일   144

꽃지기의 노래_1904년 5월 19일   150

달과 종　　　　　　　　　　　　　　　160

우연한 느낌 두 편_1904년 5월 20일　　163
　　　나였노라　　　　　　　　　164
　　　뻐꾸기　　　　　　　　　　168

두견새_1904년 6월 9일　　　　　　174

마카로프 제독 추도의 시_1904년 6월 13일　　176

황금 꽃병의 노래_1904년 6월 15일　　190

아카시아 그늘_1904년 6월 17일　　200

외딴 집_1904년 6월 19일　　　　　210

벽 드리운 그림자_1904년 6월 20일　　212

갈매기_1904년 8월 14일 밤　　　　216

빛의 문_1904년 8월 15일 밤　　　　222

외로움_1904년 8월 18일 밤　　　　230

추풍고가　　　　　　　　　　　　247
　　　황금빛 해바라기_8월 22일　　248
　　　내 세계_8월 22일　　　　　252
　　　노란 작은 꽃_8월 22일　　　254
　　　그대라는 꽃_9월 5일 밤　　　258
　　　파도는 사라지며_9월 12일 밤　260
　　　버드나무_9월 14일　　　　　262
　　　사랑의 길_9월 14일　　　　　264

떨어진 나무 열매_9월 19일 밤   266
비밀_9월 19일 밤   272
발걸음_9월 19일 밤   276

강 위의 노래_1904년 9월 17일 밤   278

마른 숲_1904년 11월 14일   300

하늘의 등잔_1904년 11월 18일   310

벽화_1904년11월 18일   314

불꽃의 궁전_1904년 11월 18일   318

희망_1904년 11월 19일   322

잠들어 버린 도시_1904년 11월 21일 밤   330

두 그림자_1904년 11월 21일 밤   336

꿈의 연회_1904년 12월 2일   340

가시나무 관_1904년 12월 10일   358

마음의 소리   361
번갯불_1904년 12월 11일   362
축제의 밤_1904년 12월 11일   368
새벽 안개_1904년 12월 12일   374
낙엽의 연기_1904년 12월 12일   376
오래된 술병_1904년 12월 22일   382
구제의 밧줄   386
나팔꽃_1904년 12월 22일 밤   388

흰 고니_1905년 1월 18일   390

우산의 주인_1905년 1월 18일   394

떨어진 빗_1905년 2월 18일 밤   398

샘물_1905년 2월 19일 밤   404

왜가리_1905년 2월 20일   410

작은 논 파수꾼_1905년 2월 20일   414

능소화_1905년 2월 20일 밤   420

장딸기_1905년 2월 21일   430

눈 먼 소녀_1905년 3월 18일   436

「동경」주석   448

발문   454
_요사노 뎃칸

이시카와 다쿠보쿠 연보   458

■ 이 책의 번역 저본은 『日本近代文学大系 23 石川啄木集』(角川書店, 1969, 초판)입니다.

■ 서시의 주석은 9쪽, 본편 시의 주석은 448쪽, 발문의 주석은 456쪽에 수록되어 있습니다.

■ 주석에서 말미에 (원)으로 표기된 것은 다쿠보쿠가 직접 쓴 내용이며 그 외에는 옮긴이가 작성하였습니다.

■ 이 책에서 사용된 글꼴은 나눔한자왕, 문체부 바탕체, 한나리 명조체, 함초롬돋움, KBIZ한마음 명조, KoPub바탕체, KoPub돋움체입니다.

동경あこがれ

가라앉은 종(서시)

1

혼돈의 안개 낀 꿈에서, 어둠을 땅 삼고,

빛을 하늘 삼아 가르고 나온 그 새벽,

오천五天[1]의 높고 크나큰 자리에 되돌아가신다며,

칠보七寶의 꽃 피고 자운이 낄 '시간'의 수레

영락瓔珞줄 흔들리는 처마에서, 삶과 법칙의

진행을 알려 주는 끊임없는 거대한 종소리를,

영원한 생명의 징표로, 바다에 던지고,

푸른 하늘 저 멀리 큰 신께서 알리고자 일어섰네.

세월은 흘러, 팔백천의 봄은 돌아오고,

광영이 몇 차례 피었다가, 또 멸했는지,

정작 제 늙지도 않고, 이상이 그지없이 펼쳐진

낮과 밤의 대지에 부단한 목소리를 올리며,

(무슨 신령한 조화인가) 겁초劫初의 바다 밑바닥에서

沈める鐘（序詩）

一

混沌霧なす夢より、暗を地に、

光を天にも劃ちしその曙、

五天の大御座高うもかへらすとて、

七寶花咲く紫雲の『時』の輦

瓔珞さゆらぐ軒より、生と法の

進みを宣りたる無間の巨鐘をぞ、

永遠なる生命の證と、海に投げて、

蒼穹はるかに大神知ろし立ちぬ。

時世は流れて、八百千の春はめぐり、

榮光いく度さかえつ、また滅びつ、

さて猶老なく、理想の極まりなき

日と夜の大地に不断の聲をあげて、

（何等の霊異ぞ）劫初の海底より

'비밀'의 울림을 가라앉힌 종이 알려 주누나.

2

아침으로, 저녁으로, 또 밤의 깊은 숨결로,
백주의 거친 바람으로, 치는 손 없어도 울리니,
쉼 없는 거대한 종, ——자연의 품이 내는 소리인가,
영원한 '잠'인가, 무궁한 삶의 '각성'인가, ——
희미하게, 또릿하게, 간혹 구름에 흐리는
높은 파도 일렁이며, 비련의 목메임 자아내고,
작은 조개 색에도, 고엽의 속삭임에도
풍요롭게 깃든 소리 없는 사랑의 울림.

비탄하는 마음에, 말라붙은 영혼의 입술에,
물방울이 옥구슬 만드는 빛나는 샘물의 은혜,
향긋한 구름이 부는 성스러운 땅 푸른 꽃을
동경하여 쫓는 아이에게 하늘의 음악을 전하는
구제하는 주인이여, 가라앉은 종소리여.

『秘密』の響きを沈める鐘ぞ告ぐる。

二

朝に、夕に、はた夜の深き息に、

白昼の嵐に、撹く手もなきに鳴りて、

絶えざる巨鐘、――自然の胸の聲か、

永遠なる『眠』か、無窮の生の『覚醒』か、――

幽かに、朗らに、或は雲にどよむ

高潮みなぎり、悲戀の咽び誘ひ、

小貝の色にも、枯葉のさゝやきにも

ゆたかにこもれる無聲の愛の響。

恨める心に、渇ける霊の唇に、

滴り玉なす光の清水めぐみ、

香りの雲吹く聖土の青き花を

あこがれ戀ふ子に天なる樂を伝ふ

救済の主よ、沈める鐘の聲よ。

21

아아 너, 존귀한 '비밀'의 뜻 따라 울리는가.

3

한바탕 너의 목소리 마음의 현악기에 더하자,
지상의 사람 백 명은 인위의 울타리를 넘고,
천마는 흥분하여, 피를 토하는 사랑의 외침,
자유의 정기를, 휘황찬란한 영혼의 빛을
모여든 눈동자 끝이 없는 끝을 열망하며,
황금빛을 역사에 물들이며 가누나.
새겨 넣은 이름은 빛이 바래, 여기에, 저기 언덕에,
묘석, ──가르침의 흔적을 나는 우러르노라.

어둠이 기는 너른 들판에 찢어진 옷소매를 끌며,
아아 지금 들린다, 하늘이 준 목숨임을 알리는
겹초의 심연으로부터 감도는 빛의 소리. ──
빛에 흘러넘쳐 나 또한 신과 닮는가.
하늘은 땅과 끊어져라, 아니면 하늘아 내려와서

ああ汝、尊とき『秘密』の旨と鳴るか。

三

ひとたび汝が聲心の絃に添ふや、
地の人百たり人為の埒を超えて、

天馬のたかぶり、血を吐く愛の叫び、

自由の精気を、耀く霊の影を

あつめし瞳に涯なき涯を望み、
黄金の光を歴史に染めて行ける。

彫る名はさびたれ、かしこに、ここの丘に、
墓碣、——をしへのかたみを我は仰ぐ。

暗這ふ大野に裂けたる裙を曳きて、

ああ今聞くかな、天與の命を告ぐる

劫初の深淵ゆたゞよふ光の聲。——

光に溢れて我はた神に似るか。

大空地と断て、さらずば天よ降りて

23

이 세상에 연꽃 충만한 시인의 왕좌를 만들라.

この世に蓮充つ詩人の王座作れ。

숲속에 서서

가을이 가고, 가을이 오는 겁劫의 시간을 받으며
오백 년 천추 썩어 늙은 삼나무, 그 멋진 구멍에
황금의 북 힘껏 두드리는 소리 전하며,
오늘 다시 나무 사이를 지나는가, 겨울바람 공주.
운명이 비좁아지니 고뇌의 검은 안개 쏟아지고
어두운 영혼 생명의 고통에 신음하듯이,
우듬지를 흔들고는 멀어졌다가, 다시 다가오는
끊임없는 바닷물에 떠도는 낙엽의 목소리.

아아 이제, 와서 안으라, 사랑을 아는 사람.
돌고 도는 큰 파도 지나가는 공허한 길,
살랑이는 나뭇잎이 살짝 떨어지며 흐느끼누나. ──
황홀한 쾌락은 이렇게 가라앉네. ──보라, 초록의
훈풍 어디로 불었는지. 가슴속에 타오르는
짧은 순간, 이는 실로 고귀한 사랑의 영광.

杜に立ちて

秋去り、秋来る時劫の刻み受けて

五百秋朽ちたる老杉、その眞洞に

黄金の鼓のたばしる音傳へて、

今日また木の間を過ぐるか、こがらし姫。

運命せまくも悩みの黒霧落ち

陰霊いのちの痛みに呻く如く、

梢を揺りては遠のき、また寄せくる

無間の潮に漂ふ落葉の聲。

ああ今、来りて抱けよ、戀知る人。

流転の大浪すぎ行く虚の路、

そよげる木の葉ぞ幽かに落ちてむせぶ。——

驕樂かくこそ沈まめ。——見よ、緑の

薫風いづこへ吹きしか。胸燃えたる

束の間、げにこれたふとき愛の榮光。

흰 깃털 오리배

저 하늘 찰랑이는 빛의 연못을, 영혼의
흰 깃털 오리배 고요히, 그 파란 소용돌이
꿈속의 노를 갖고 깊이 저어 들어가고파. ——
그러고 보니, 울려 퍼지는 높은 물결 소리 맡으며,
악기 소리 감도는 전각殿閣의 아지랑이 장막이
투명하게 떠오르는 모습, (백합 아씨로구나)
극락의 꽃 맞닿아 사락사락하며 새벽빛에 물들고,
영원한 즐거움 여기 있다는 온화하고 어여쁜 눈동자.

운명인가, 외로운 몸으로 남은 것, 그래도 밤마다
꿈길의 신비한 힘에 의해, 이제 알지, 슬픈 세상의
끝은 신성한 빛 무한한 삶의 출발.
유리처럼 맑은 물 채우라, 불멸하는 믿음의 단지.
그렇다면 이 땅에 비추는 햇빛은 얼어붙을지라도
환희 영원한 천계의 자리로 이끌어질지니.

白羽の鵠船

かの空みなぎる光の渕（ふち）を、魂（たま）の
白羽の鵠船（とりふね）しづかに、その青渦（あをうづ）

夢なる櫂にて深うも漕ぎ入らばや。――
と見れば、どよもす高潮音（たかじほ）匂ひて、

樂聲さまよふてなの靄（もや）の帕（きぬ）を

透きてぞ浮きくる面影、（百合姫なれ）
天華の生襲（てんげ いくひださや）瑲々あけぼの染（ぞめ）、
常　樂（じやうげふ）ここにと和らぐ愛の瞳（ひそみ）。

運命（さだめ）や、寂寥（さびし）兒遺（ごのこ）れる、されど夜々の
ゆめ路のくしびに、今知る、哀愁（かなしき）世の
終焉（をはり）は霊光無限の生の門出。

瑠璃水たたへよ、不滅の信の小壷。
さばこの地に照る日光（ひかり）は氷（こほ）るとても
高　歡（かうくわん）久遠（くをん）の座（ざ）にこそ導（みちび）かるれ。

31

딱따구리

고대의 성자가 아테네 숲에서 울리던,
빛 끊이지 않게 할 저 하늘 '사랑'의 불로
주조한 거대한 종, 무궁한 그 소리를
물들게 하는 '초록'이여, 진정 영혼이 사는 곳.
들어라, 지금, 항간에 숨 막히는 먼지의 질풍
불어와, 젊디젊은 생명의 숲 정기가 가진
성스러움 범하려 한다고, 온종일, 딱따구리,
돌아다니며 경고를 여름 나무 고갱이에 새기네.

지나 버린 삼천 년, 영겁은 더 나아가
끝나지 않을 '시간'의 화살, 무상한 흰 깃털 흔적
쫓아가는 불멸의 가르침이여. ——플라톤, 그대
청정함과 고결함을 하늘 길의 영광이라 했던
영혼을 지키고, 이 숲은 곧 끊임없는 양식,
기이한 수행을 이 작은 새가 하는 계로구나.

啄木鳥

いにしへ聖者が雅典の森に撞きし、

光ぞ絶えせぬ天生『愛』の火もて

鋳にたる巨鐘、無窮のその聲をぞ

染めなす『緑』よ、げにこそ霊の住家。

聞け、今、巷に喘げる塵の疾風

よせ来て、若やぐ生命の森の精の

聖きを攻むやと、終日、啄木鳥、

巡りて警告夏樹の髄にきざむ。

往きしは三千年、永劫猶すすみて

つきざる『時』の箭、無象の白羽の跡

追ひ行く不滅の教よ。――プラトー、汝が

浄きを高きを天路の榮と云ひし

霊をぞ守りて、この森不断の糧、

奇かるつとめを小さき鳥のすなる。

숨은 늪

저녁 그림자 고요히 한 쌍의 백로 내려앉아,

잎 시든 고목 아래 숨어 있는 늪에서,

동경의 노래 부르노라. ——"그 옛날, 환희, 그것은

동틀 녘, 광명의 요람에 별과 함께 잠들고,

슬픔, 너는 영원토록 이곳에서 썩어,

내가 씹어 삼키는 진흙과 녹아 가라앉았다."——

사랑의 날개 바짝 맞붙여, 푸른 눈동자 촉촉함 보니,

흙더미의 풀 이불, 눈물을 나도 흘렸도다.

올려보면, 저녁 하늘 쓸쓸한 별이 잠에서 깨어,

그리움의 빛, 색채 없는 꿈처럼,

가는 실 희미하게 늪 밑바닥에 사슬을 엮네.

애환이 교차하는 끝없는 윤회는 그래도 참으리,

진흙과 닮은 신세거늘. 아아 그것이 나의 숨은 늪,

슬픔을 물고 가는 새마저 올 수 있으려나.

隠沼

夕影しづかに番の白鷺下り、

槇の葉枯れたる樹下の隠沼にて、

あこがれ歌ふよ。——『その昔、よろこび、そは

朝明、光の揺籃に星と眠り、

悲しみ、汝こそとこしへ此處に朽ちて、

我が喰み啜める泥土と融け沈みぬ。』——

愛の羽寄り添ひ、青瞳うるむ見れば、

築地の草床、涙を我も垂れつ。

仰げば、夕空さびしき星めざめて、

偲びの光の、彩なき夢の如く、

ほそ糸ほのかに水底の鎖ひける。

哀歓かたみの輪廻は猶も堪えめ、

泥土に似る身ぞ。ああさは我が隠沼。

かなしみ喰み去る鳥さへえこそ来めや。

그대에게 바치다

그대 눈동자는 한바탕 가슴속 아담한 거울이
잠든 어둠을 쏜 순간부터, 잠에서 깨어났지,
유리 날개여, 내 영혼, 밤낮으로 날갯짓 멈추지 않아,
구름 소용돌이 흐르는 하늘 길의 빛을
이끄는 환영 눈부신 사랑의 궁전.
동경의 청정함을 꽃 아지랑이 향기 나듯 느끼고,
우리 둘 포옹하니, 지상의 것들 파괴된 자리도
쫓아온 이상理想의 그림자라며 미소 짓누나.

이제껏, 운명의 얼음비를 견디기 어려워,
시가詩歌의 작은 갓에 붉은 실 묶지도 못하고,
서러운 골짜기를 헤매며 발걸음 비틀대도,
험준한 생명의 비탈길조차, 그대 사랑의
횃불을 마음으로 의지하면, 어둔 하늘에
구름 사이로 별이 가듯 편안하리라.

人に捧ぐ

君が瞳ひとたび胸なる秘鏡の

ねむれる曇りを射しより、醒め出でたる、

瑠璃羽や、我が魂、日を夜を羽搏ちやまで、

雲渦ながるる天路の光をこそ

導きたる 幻 眩き愛の宮居。

あこがれ浄きを花靄匂ふと見て、

二人し抱けば、地の壊事破のあとも

追ひ来し理想の投影ぞとほほゑまるる。

こし方、運命の氷雨を凌ぎかねて、

詩歌の小笠に紅の緒むすびあへず、

愁ひの谷をしたどりて足悩みつれ、

峻しき生命の坂路も、君が愛の

炬 火心にたよれば、黯き空に

雲間も星行く如くぞ安らかなる。

음악 소리

날 저물고, 음악당에 시들어 버린 꽃병의 꽃
그 향기에 취해서 모여드는 사람들 앞에,
이게 무어람, 소용돌이 잠잠해진 푸른 바다의
먼 소리로 떠오른 음색 다가와 흘러넘치노라. ——
영혼의 깃털 풍성한 흰 갈매기 춤추며 내리니
올려다보면, 줄 퉁기는 소리, 홀연히 깊은 연못
밑바닥에 있는 탄식을 희미하게 이끌어 내고,
허공 저 멀리로 슬픈 노래 동경해 가는구나.

빛과 어둠을 황금 사슬로 삼아,
상심한 마음을 휘감아서는, 멀리 멀리
본 적도 없는 저세상 몽환으로 엮어대는
힘이여 자유로운 음악 소리, 아아 너야말로
하늘에 있는 쾌락의 잔향을 땅으로 전하고,
혼을 정결히 하여, 세상 채운 통한을 호소하는구나.

樂聲

日暮れて、樂堂萎れし瓶の花の

香りに酔ひては集へる人の前に、

こは何、波渦沈める蒼き海の

遠音と浮き来て音色ぞ流れわたる。――

霊の羽ゆたかに白鳩舞ひくだると

仰げば、一絃、忽ちふかき淵の

底なる嘆きをかすかに誘ひ出でゝ、

虚空を遥かに哀調あこがれ行く。

光と暗とを黄金の鎖にして、

いためる心を捲きては、遠く遠く

見しらぬ他界の夢幻に繋ぎよする

力よ自由なる樂聲、あゝ汝こそ

天なる快樂の名残を地につたへ、

魂をしきよめて、世に充つ痛恨訴ふ。

바다의 분노

하루 지친 몸을 잠 속에 묻어 버리고자,

해의 신 하늘에서 내려 바다 속 옥좌,

반사되어 비치는 황금으로 벌써 저물어 가니,

그제야 떨어져 내린 검은 그림자, 바다를 산을

점령하는 침묵에, 이는 다시, 두려움을 불어넣고,

암흑 속 잠을 깬 바다 신이 노하듯,

바위 울려 깨고, 땅을 씹어대는 외침 소리,

활시위 당기며, 광란하는 파도가 육지를 저주하누나.

다가오는 것은 밤의 몸에 방패 두른 비밀스런 적. ——

추락해서는 이 세상에, 어둠 없는 먼 그 옛날의

진정한 믿음이 찾아옴을 속삭이는 파도도 없고,

아아 사람들, 잠든 너희 이마에, 죄의

징표를 새겨 넣으니, 이렇게나 바닷물 광란함에,

달도 없는 물결 거친 해변, 나 홀로 두려움에 떠노라.

海の怒り

一日(ひとひ)のつかれを眠りに葬(はふ)らむとて、

日の神天(あめ)より降り立つ海中(うなか)の玉座(みざ)、

照り映(は)ふ黄金(こがね)の早くも沈み行けば、

さてこそ落ち来し黒影(くろかげ)、海を山を

領(りやう)ずる沈黙(しじま)に、こはまた、恐怖(おそれ)吹きて、

眞暗(まやみ)にさめたる海神(わたつみ)いかる如く、

巌鳴り砕けて、地を噛(か)む叫号(さけび)の聲、

矢潮(やじほ)をかまけて、狂瀾陸(くが)を呪(のろ)ふ。

寄するは夜の胞盾(たて)どる秘密の敵(てき)。——

堕落(おち)てはこの世に、暗なき遠き昔(かみ)の

信(まこと)のおとづれ囁やく波もあらで、

ああ人、眠れる汝等(なれら)の額(ぬか)に、罪の

記徴(しるし)を刻むと、かくこそ潮狂ふに、

月なき荒磯邊(ありそべ)、身ひとり怖れ惑ふ。

거친 바닷가

왔다 되돌아 모래 훑는 파도의
어렴풋 하얀 자취를 쫓으면서,
해 떨어지고, 어둠 솟아 다가온
거친 바닷가 마른 해초 밟으면,
(하늘과 땅의 슬픔인가, 아니지,)
구름 옷자락 치렁치렁 휘날려,
노송의 오랜 솔잎 소리도 없고,
고개 든 줄기 말라비틀어졌네.
넓은 해원海原을 물수리 스쳐 날며
그 날개 소리 파도에 부서졌지.
넘어지면서, 대지 향해 부르니,
작은 돌 되어, 눈물이 굳었구나.
거대한 물에 두 발 모두 담그고,
칙칙해지는 하늘을 바라보며,
자잘한 게의 조그마한 눈알과
영혼 더더욱 가슴에 움츠리네.

荒磯

行きかへり砂這ふ波の

ほの白きけはひ追ひつゝ、

日は落ちて、暗湧き寄する

あら磯の枯藻を踏めば、

（あめつちの愁ひか、あらぬ、）

雲の裾ながうなびきて、

老松の古葉音もなく、

仰ぎ見る幹からびたり。

海原を鵲かすめて

その羽音波の砕けぬ。

うちまろび、大地に呼べば、

小石なし、涙は凝りぬ。

大水に足を浸して、

黝ずめる空を望みて、

ささがにの小さき瞳と

魂 更に胸にすくむよ。

가을 길 가는 빠른 구름 그림자
해를 뒤덮고 땅을 쏘아대듯이,
아아 운명이 내려와 도끼날로
가슴의 문을 부숴 버린 신세니,
달을 업기는 너무 말라 버린 몸,
그 모습 마치 해변 갈대와 닮아,
너울거리는 서글픔을 모래의
차가움 속에 적고서 가는구나.

秋路(あきぢ)行く雲の疾影(とかげ)の

日を掩ひて地を射る如く、

ああ運命(さだめ)、下りて鋭斧(とをの)と

胸の門(かどわ)割りし身なれば、

月負ふに癈(や)せたるむくろ、

姿こそ濱蘆(はまあし)に似て、

うちそよぐ愁ひを砂の

冷たきに印し行くかな。

저녁 바다

네 가슴 깊숙이 담긴 비밀이 있어,
영겁의 시간 밤을 이룬 밑바닥 진흙 바위 그림자
검은 뱀 잠들어 있는 그 비늘의 엷고 푸른 투명함,
무한한 적막 묘지의 들판을 점령한다 하더군.
그럼 이 저녁의 고요, 무슨 뜻인가, 아아 해원. ──
먼 파도 새하얀 돛 지는 햇빛 받으며
화려하게도 다시 가라앉는 평화, 실로
백합꽃 안고 잠든 소녀의 꿈과 닮았구나.

흰 칠을 하여 꾸민 묘에는 오물 가득하다고
신의 아이는 외쳤네. 겉치레란 덧없기도 하지.
꽃의 꿈 사라지고 여인의 가슴에 죄가 깃들어,
저녁 고요 끝나면, 보라, 바다에 검은 파도 들끓지.
취하겠는가, 다시금. 평화, ──요망한 술에
피어 떠오르는 거품이로다. 침묵하는 하얀 묘지로다.

夕の海

汝_なが胸ふかくもこもれる秘密ありて、

常　劫_{じやうごふ}夜をなす底なる泥岩影_{ひぢいはかげ}、

黒蛇_{くろへみ}ねむれる鱗_{うろこ}の薄青透_{ほのあをす}き、

無限の寂寞墓原領_{じやくまくはかはらりやう}ずと云ふ。

さはこの夕和_{ゆふなぎ}、何の意、ああ海原。——

遠波_{とほなみ}ましら帆入日の光うけて

華やかにもまたしづまる平和_{やはらぎ}、げに

百合花添へ眠_ねる少女_{をとめ}の夢に似るよ。

白塗_{しらぬり}かざれる墓には汚穢_{けがれ}充つと

神の子叫びし。外装_{よそひ}ぞはかないかな。

花夢_{はなゆめ}きえては女の胸罪_めぞ宿れ、

夕　和_{ゆふなぎ}落ちては、見よ、海黒波_{くろなみ}わく。

酔はむや、再び。平和_{やはらぎ}、——妖_{えう}の酒に

咲き浮く泡なる。沈黙_{しじま}の白墓_{しらはか}なる。

47

숲의 추억

저물어 가는 여름 햇살 초록 잎 그늘에서 새 나와
숲길에 깔린 얼룩덜룩 제각각 염색한 옷감 같아,
서늘한 바람 지나면 꿈결처럼 같이 흔들리는 파도를
가슴속 훑는 기억의 그림자인가 들여다보고,
고요한 밤에 빛을 그리워하는 사람의 환희를,
몸은 지금, 나무 아래 백합꽃 달콤한 숨결에
취한 채로, 옛일 그림책 보듯 위안을 삼는
하루의 평화 그윽함을 깨닫게 되노라.

멀리서 들리는 풀피리 울림은 낮을지언정
가래 짊어진 성실한 농부의 다시없을 쾌락이라지.
닮았지 않은가, 추억, 작은 모습이면서,
가라앉은 마음에 흰 깃털 빛을 띄우고,
나뭇잎 사이에 숨어 지저귀는 두견새가
봄꽃 새겨진 비단 빛바랜 소매를 말아 올리고
가슴팍 깃털의 따스함을 그리워하여 노래하듯,

森の追懐

落ち行く夏の日緑の葉かげ洩れて
森路に布きたる村濃の染分衣、

涼風わたれば夢ともゆらぐ波を

胸這ふおもひの影かと眺め入りて、

静夜光明を戀ふ子が清歓をぞ、

身は今、木下の百合花あまき息に

酔ひつつ、古事絵巻に慰みたる

一日のやはらぎ深きに思ひ知るよ。

遠音の柴笛ひびきは低かるとも

鋤負ふまめ人又なき快楽と云ふ。

似たりな、追懐、小さき姿ながら、

沈める心に白羽の光うかべ、

葉隠れひそみてささなく杜鵑の

春花羅綾褪せたる袖を巻ける

胸毛のぬくみをあこがれ歌ふ如く、

49

환희는 희미하게 끊임없는 곡조를 자아내노라.

들매화 꽃잎 녹아든 청신한 색채의
죄 없는 희망에 참새 춤추며, 나무 사이 누비고
꺾은 꽃 서로 많다고 제각기 자랑하던
옛날을 생각하니, 십 년 지난 지금 새삼스레
실패의 흔적도 없고, 통한의 깊은 상처도 없이,
쇠로 된 두 바퀴가 운명의 길 멀리 벗어나고,
젖보다도 달콤한 환영이 투명하게 떠오르며,
이 숲은 초록 요람으로 소생하였노라.

가슴속 작은 병은 '생명'의 억센 술을 담기 벅차,
차가운 비애의 무덤가에서 깨져 버린다 해도,
바닥에 남은 몇 방울에 귀한 향기를 남기지
불멸의 추억 눈이 부시게 빛을 낸다면,
언제 영혼이 끝내 썩어 버릴 일 있으리.
울어라 두견새야, 이 세상에 봄과 영혼이
사라지지 않는 마음을 너와 내가 노래한다면,

よろこび幽かに無間[むげん]の調[しら]べ誘ふ。

野梅[やばい]の 葩[はなびらと] 溶きたる清き彩[あや]の

罪なき望みに雀躍[こおど]り、木の間縫ひて

摘む花多きを各自[かたみ]に誇りあひし

昔を思へば、十年[ととせ]の今新たに

失敗[やぶれ]の跡[あと]なく、痛恨[いたみ]の深創[ふかきず]なく、

黒金諸輪[くろがねもろわ]の運命路[さだめぢ]遠くはなれ、

乳[ち]よりも甘かる幻透き浮き来て、

この森緑の揺籃[ゆりご]に甦[よみが]へりぬ。

胸なる小甕[をがめ]は『いのち』を盛[も]るに堪[た]えで、

つめたき悲哀の塚邊[つかべ]に缺[か]くるとても、

底なる滴[しづく]に尊とき香り残す

不滅の追懐[おもひで]まばゆく輝やきなば、

何の日霊魂[たましひをはり]終焉の朽[くち]あらむや。

啼け杜鵑よ、この世に春と霊の

きえざる心を君我れ歌ひ行かば、

탄식 속에서 되려 사람들을 정화할 수 있으리라.[2]

歎きにかへりて人をぞ浄めうべし。

추억

희끗한 적색 수면에 빛바래는
저녁 구름과 가라앉아 버렸네
기쁨이로다, 봄의 푸르른 바다,
새하얀 돛에 커다란 해를 쏘듯,
색 선명하게, 속속들이 보이게,
눈물 이끄는 추억에 이끌려서
떠오르게 된 가슴속 술렁임인가.

어느 한 번은, 여름날 숲속에서
불어 울리는 작은 나팔 울림이
옅게 울리는 기척을 가장하여,
사냥터에서 사냥복 입은 자들
말에 올라타 덮쳐 오는 것처럼,
짝 찾는 새들 지저귐 즐겁게도
사랑의 기쁨 가슴에 타올랐지.

おもひ出

翼酢色水面に褄する
（はねずいろ・みのも・あ）

夕雲と沈みもはてし

よろこびぞ、春の青海、

眞白帆に大日射す如、
（おほひ・さ）

あざやかに、つばらばらに、

涙なすおもひにつれて

うかびくる胸のぞめきや。

ひとたびは、夏の林に

吹鳴らす小角の響きの
（くだ）

うすどよむけはひ装ひて、
（よそ）

みかりくら狩服人の
（かりぎぬびと）

駒並めて襲ひくる如、
（な）

戀鳥の鳥笛たのしく
（こひどり・とぶえ）

よろこびぞ胸にもえにし。

타오른 기쁨 생명의 들불 되어

자연스럽게 그 연기에 취하고,

꽃구름 같은 하늘 비단옷에 숨어

그리워하는 영혼 풀어놓으니,

작은 연심은 작기야 하면서도

널리 비추는 영원한 옥의 궁전,

낭간 구슬로 궁전 기둥 세우고,

영락 구슬로 투명 주렴을 걸어,

삼가면서도 빈틈없이 지키는

꿈의 문. ──문은 썩게 될 터이니,

어느 날엔가 부서져 황폐해질

궁전의 흔적, 서리 내린 쓸쓸함,

궁의 주춧돌 그저 차갑기만 해. ──

숨을 내쉬니 그대를 감싸 안은

자주빛 나는 안개도 사라졌지.

둘이서 함께 미소를 퍼 올리던

우물가 두른 나팔꽃 울타리의

새끼줄마저, 가을의 흐린 안개

燃えにしをいのちの野火と

おのづから煙に酔ひて、

花雲の天領がくり

あこがるる魂をはなてば、

小さき胸ちいさき乍ら

照りわたる玉の常宮、

瑯玕の宮柱立て、

瓔珞の透簾かけて、

ゆゆしともかしこく守る

夢の門。――門や朽ちけむ、

いつしかに砕けあれたる

宮の跡、霜のすさみや、

礎　のただに冷たく。――

息吹けば君を包みし

紫の靄もほろびぬ。

ふたりしてほほゑみ汲みし

井をめぐる朝顔垣の

縄さへも、秋の小霧の

개이지 않는 두터운 축축함에
나를 닮아서 일찍 썩어 버렸네.

아아 하지만, 프시케의 촛불은,
빛 흔들리며, 사랑 품은 가슴에
촛농의 눈물 떨어져서 타 버린
지난 고통은 말하지 않으리라.
영원하도록 가슴속에 새겨진
지금 상처를 공상 속 날개의
예쁜 깃털로 기워서 장식하고,
하얀 비단옷 입은 히나雛[3]인형에
소녀 아이가 머리를 조아리듯,
잘 간직하여 받들고 가고파라
타 버린 혈기 남아 있는 가슴에.

はれやらぬ深き湿りに
我に似て早や朽ちはてぬ。

ああされど、サイケが燭、
かげ揺れて、戀の小胸に
蠟涙のこぼれて焼ける
いにしへの痛みは云はじ。
とことはに心きざめる
新創を空想の羽の
彩羽もてつくろひかざり、
白絹のひひなの君に
少女子のぬかづく如く、
うち秘めて斎き行かなむ
もえし血の名残の胸に。

생명의 배

망망대해 속 잠긴 시詩의 진주알
둥둥 뜬 해초 아래서 찾으려고,
어여쁜 풍신초[4]의 꽃향기 나는
내 집 있는 기슭을 찾아 노 젓는
해산물 실은 배의 큰 돛과 같이,
내 생명의 작은 배 가뿐하게도,
사랑의 돛 표시를 이마에 새겨,
우는 푸른 바닷물을 타고 나갔지.

저 먼 바다 수면에 아지랑이 핀
저녁 햇살 빛나는 꿈결의 궁전,
여름 꽃구름 되어 피는 걸 보고,
그곳에, 숨어 있는 하늘 가는 길
열리는 문이라도 있을까 하여,
갖다 바치는 구슬, 노래의 구슬,
실은 채 가노라면, 파도의 머리

いのちの舟

大海中(おほわだなか)の詩の眞珠(しんじゆ)

浮藻(うきも)の底にさぐらむと、

風信草の花かほる

吾家(わぎへ)の岸をとめて漕ぐ

海幸の真帆の如、

いのちの小舟かろやかに、

愛の帆章(ほじるし)額(ぬか)に彫(ゑ)り、

鳴る青潮(あをじほ)に乗り出でぬ。

遠海面(とほうなづら)に陽炎の

夕彩(ゆふあや)はゆる夢の宮

夏花雲(なつばなぐも)と立つを見て、

そこに、秘めたる天(あめ)の路(みち)

ひらきもやする門(かど)あると、

貢(みつぎ)する珠(たま)、歌の珠、

のせつつ行けば、波の穂と

기쁨이 깊숙하게 가슴 흔들지.

비애 가득한 세상 검은 조류에
끝도 없이 떠 있는 야자 열매의
허무한 껍질이라 사람 말해도,
기슭은 알 것이니, 죽음의 질풍
휘감겨 일지 않는 노래의 바다,
빛이 나는 창가로 다가온 신神의
마노로 된 접시배 안 뒤집히게
유쾌한 작은 배를 나는 저어 가노라.

よろこび深く胸を撼（ゆ）る。

悲哀（かなしみ）の世の黒潮（くろじほ）に
はてなく浮ぶ椰子（やし）の實（み）の
むなしき殻（から）と人云へど、
岸こそ知らね、死の疾風（はやち）
い捲き起らぬうたの海、
光の窓に憑（よ）る神の
瑪瑙の盞（さら）の覆らざる

うまし小舟を我は漕ぐかな。

고독의 경지

큰 떡갈나무 고목에 기대어서
묘석 자리한 언덕배기에 서면,
사람들 소리 멀리 떨어지게 돼,
저녁 어스름 내 세상 떠오르지.

상상의 날개 아주 강건하게도
파란 하늘의 빛을 따라 쫓으면,
새로 피어난 생화로 된 쓰개 옷
자연스럽게 내 가슴을 안았지.

이끼 아래에 편안하게 잠이 든
죽은 사람의 영원한 안식처럼,
나의 세상은 영혼의 성스러운
흰 아지랑이 꽃 피는 듯한 새벽.

고통이 없는 향기 빨아들이니

孤境

老樫の枯樹によりて

墓碣の丘邊に立てば、

人の聲遠くはなれて、

夕暗に我が世は浮ぶ。

想ひの羽いとすこやかに

おほ天の光を追へば、

新たなる生花被衣

おのづから胸をつつみぬ。

苔の下やすけくねむる

故人のやはらぎの如、

わが世こそ霊の聖なる

白靄の花のあけぼの。

いたみなき香りを吸へば、

둥그란 가슴 빛으로 투명해져.

예쁜 꽃잎에 소매가 닿게 되면,

사랑의 노래 희미하게 우노라.

아아 지상에 밤이 거칠어지고

시커먼 안개 세상을 기어갈 때,

나의 숨결은 하늘에 다녀가고,

환영의 모습 그림자에 취하지.

つぶら胸光と透きぬ。

花びらに袖のふるれば、

愛の歌かすかに鳴りぬ。

ああ地に夜の荒みて

黒霧の世を這ふ時し、

わが息は天に通ひて、

幻の影に酔ふかな。

화살나무 무덤錦木塚

　옛날 미치노쿠 가즈노鹿角 고을에 여인이 있었다.
유서 있는 가문의 출신이라서인지 그 주변 지역은 물
론이고 도읍에서도 보기 드문 뛰어난 자태를 지녔다.
날마다 폭 좁은 삼베를 짜는 베틀 북 소리보다도 이
마사코政子라는 여인의 명성이 여기저기 더 높이 들렸
다. 옆 마을 촌장의 아들이 언젠가 보고 반하여 몹시
연심을 품었는데, 여인도 전혀 마음에 없는 것은 아
니었지만, 유서 있는 가문이라 아버지의 경계가 대단
하였으니 괴로운 심정으로만 지내고 있었다. 촌장 아
들은 관습에 따라 여인의 집 문 앞에 채색한 화살나
무를 세웠는데 천 그루에 이르렀다. 하룻밤에 한 그
루씩 구애의 뜻을 나타내는 나무가 천 밤 지속되었
으니, 어떤 여인인들 그 뜻을 거부할 수 없을 터였
다. 그러나 이윽고 천 그루에 이르렀음에도 마사코
는 전혀 승낙하는 기색이 보이지 않았다. 남자는 마
침내 미쳐 버릴 지경이 되어 눈물 강이라는 곳에 몸

을 던져 죽어버렸다. 마사코도 이제는 연모하지 않을 수 없었던 것인지 옥구슬 같은 연심을 무엇과도 바꿀 길 없어 같은 곳에서 물에 빠져 죽었다. 마을 사람들이 두 사람 유해를 끌어올렸는데, 짝을 찾는 사슴을 숨어 사냥하던 모리배들이었지만 이들의 죽음에 대해서만은 우락부락한 그 손으로도 가릴 수 없을 만큼 많은 눈물을 흘렸으며, 둘을 한 무덤에 묻고 화살나무 무덤이라 불러 전했다. 하나와花輪 마을에서 게마나이毛馬內로 가는 길가에 지금도 여행하는 사람들은 눈물 강의 다리를 건너면 곧 초원으로 이어지는 언덕 위에 커다란 돌이 세 개 정도 겹쳐 있고 나무 울타리를 엮어놓은 것을 볼 수 있다. 슬프지만 풀 베는 사람들에게 그 슬픈 이야기의 터가 어디인가 물으니 그 흔적은 없었다. 전하는 말에 따르면 옛날 해마다 도읍으로 바치던 미치노쿠의 폭 좁은 삼베는 마사코가 짜던 것이 그 시초라고 했다.

화살나무 편

삼나무 들판에서 저녁 무렵 풀자리에 엎드려

옅은 햇빛이 나그네 이마에 비치는 언덕,

천추의 세월 오래도록 날숨처럼 부는 바람에

하얀 구름 먼 옛날 꿈처럼 떠오르고,

색채도 없는 폭 좁은 삼베 끌고 가는 하늘 끝,

아아 지금인가, 넓고 끝없는 푸른 문 무너지고

시름을 아는 신 일어서시는 광경, 해도 숨어들고,

그 명령하는 소리 없는 목소리 울려 퍼지며,

마른 가지의 울먹임 깊이 가슴을 흔드니,

깊고 어둔 안개 내 눈동자를 보지 못하게 막고,

몸을 둘러싼 환영, ——그것은 백 세대 먼

변경 지역의 옛일이로다. 여기 화살나무 무덤.

둘러쳐 있다가 가을에 빛 바래는 푸른 울타리 산,

생생했던 세상 마른 잎으로 변해 사라져 버린 듯.

불어 올렸던 작은 뿔각 소리도 지금 흘렀네,

にしき木の巻

高原（まきばら）に夕草床布（とこし）きまろびて

淡日影（あはひかげ）旅の額（ぬか）にさしくる丘、

千秋（ちあきふ）古る吐息なしてい湧く風に

ましら雲遠（とほ）つ昔の夢とうかび、
かみ

彩もなき細布（ほそぬの）ひく天の極み、

ああ今か、浩蕩（おほはて）なる蒼扉（あをど）つぶれ

愁知る神立たすや、日もかくろひ、

その命令（よざ）の音なき聲ひびきわたり、

枯枝のむせび深く胸をゆれば

窈冥（かぐろぎり）霧わがひとみをうち塞（ふさ）ぎて、

身をめぐる幻、――そは百代（ももよ）遠き

邊つ国の古事（ふること）なれ。ここ錦木塚。

立ちかこみ、秋にさぶる青垣山、

生くる世は朽葉なして沈みぬらし。

吹鳴（ふなら）せる小角（くだ）の音も今流れつ、

사냥말의 발굽도, 또한 활시위도 소란해진

우렁찬 외침도 아주 새롭게 언덕을 지났노라.

하늘 저편 가즈노 지역, 머나먼 옛날,

초가지붕 처마가 늘어섰던 깊은 풀길을,

아아 그날 삼베 천을 짜던 아름다운 여인의

사립문 드나들기 어려워 하던 촌장의 젊은 아들,

감은 눈은 가슴속 문 깊숙한 꿈으로 굳고,

고개 떨구며, 천리 길 달려온 용기도 사라지니,

그림자처럼 밟아 가는 발걸음 떠올라 다가와

부드러워진 마음에서 사랑의 가는 실 나온 것인가,

혹은 가을의 작은 수레 지나는 땅의 울림이었던가.

베틀 북 소리 잔잔히 울리는 빈지 덧댄 방 안

시름이 새 나오는 노래 조용히 감돌았지.

참지 못해서려니, 작은 피리 들고 문밖에서

끊이듯 이어지듯 곡절을 맞추니, 노래도 그쳤더라.

쇠로 된 기둥이라도 뽑을 만한 힘이 있었건만

어찌 이 집의 소맷부리처럼 약한 담 부수지 못했나.

狩馬（かりうま）の蹄も、はた弓弦（ゆづる）さわぐ

をたけびもいと新たに丘をすぎぬ。

天（あま）さかる鹿角（かづの）の国、遠（とほ）いにしへ、

茅葺の軒並（な）めけむ深草路（ふかくさち）を、

ああその日麻絹織るうまし姫の

柴の門行きはばかる長（をさ）の若子（わくご）、

とぢし目は胸戸（むなと）ふかき夢にか凝（こ）る、

うなたれて、千里（ちさと）走る勇みも消え、

影の如（ごと）たどる歩みうき近（く）づき来る

和胸（やはむね）も愛の細緒繰りつむぐか、

はた秋の小車行く地（ち）のひびきか。

梭（をさ）の音せせらぎなす蔀（しとみ）の中

愁ひ曳（ひ）く歌しづかに漂ひくれ。

え堪（た）へでや、小笛とりて戸の外より

たどたどに節あはせば、歌はやみぬ。

くろがねの柱（はしら）ぬかむ力あるに

何しかもこの袖垣（そでがき）くちきえざる。

그리워하면서도 참아야 하는 연심의 표시로서

오늘도 또 화살나무 세우며, 저녁 어스름 길을,

화초에 찾아 내리는 서리처럼,

아주 무거운 발걸음으로 이제 되돌아가네.

팔천 그루의 화살나무를 그저 하룻밤에

신이 보실 사랑의 문 앞에 끝끝내 세운다 해도,

속박하는 거친 금줄로 천 번 감긴

여인의 마음은 옥구슬 숨긴 절벽 둘러싸인 깊은 못,

영원한 세상 다 가라앉히고, 떠오르지 않는 듯하지.

검은 나무에 작은 울타리 친 나키사와哭沢 근처의

신사神社[5]에 신주神酒 놓고, 기도하는 나라奈良 사람들의

탄식과도 닮았구나 나의 이 고통은 애초에,

촌장 아들의 슬픈 노래 모르기 때문인가,

베틀 북 소리 가슴에 새기며 여전히 흘러가누나.

남자의 한탄과 원망 선명히 눈에 비치니

눈물 같은 저녁 풀의 이슬 떨쳐 내지도 못하겠도다.

戀ひつつも忍ぶ胸のしるしにとて

今日もまた錦木立て、夕暗路を、
<small>にしきぎ</small>

花草にうかがひよる霜の如く、
<small>はなぐさ</small>

いと重き歩みなして今かへり去るよ。

八千束のにしき木をばただ一夜に
<small>やちづか</small>　　　　　　　　<small>ひとよ</small>

神しろす愛の門に立て果つとも、
<small>かど</small>　　<small>は</small>

束縛の荒縄もて千捲まける
<small>いましめ</small>　　　<small>ちまき</small>

女の胸は珠かくせる磐垣淵、
<small>め</small>　　　　　<small>いはがきふち</small>

永き世を沈み果てて、浮き来ぬらし。
<small>なが</small>　　　　　　　　　<small>こ</small>

眞黒木に小垣結へる哭澤邊の
<small>まくろぎ</small>

神社にして、甕据ゑ、祈る奈良の子らが
<small>もり</small>　　　<small>みわす</small>　<small>の</small>

なげきにも似つらむ我がいたみはもと、

長の子のうちかなしむ歌知らでか、
<small>をさ</small>

梭の音胸刻みて猶流るる。

男のなげく怨みさはに目にうつれば、
<small>を</small>　　　　<small>うら</small>

涙なす夕草露身もはらひかねつ。
<small>ゆふくさづゆ</small>

저주의 화살 편 (촌장 아들의 노래)

나의 사랑은, 파도 길 저 멀리 붉은 칠한 관선官船

도읍으로 돌아가는 길을 배웅하는 나그네가

소매를 물고 거친 바닷가에 울며 엎드린

황혼 무렵 깊은 탄식에 빗댈 수 있겠지.

꿈결처럼 모습 사라지고 연심은 시들어,

그 모습 그릴 힘, 또한 거품처럼 사라졌구나.

멀고도 먼 봄의 들판이, 신기한 악기 같은

미풍에 눈을 뜨게 되어서, 여전히 꿈길과

아지랑이 사이에서 하얗게 흔들리는 그 모습을

쫓음에 따라, 어디에선가 안개가 지고,

사막의 길 모조리 닫힌 것처럼,

작은 돌 같은 눈물을 소매로 감싸기 어렵구나.

사랑을 표시한 나무 그녀 집 문 앞에 세우면서

천 밤이 넘도록 들어서 귀에 익은 베틀 북 소리

のろひ矢の巻（長の子の歌）

わが戀は、波路遠く丹曽保船（にそほふね）の

みやこ路にかへり行くを送る旅（たび）人が

袖かみて荒磯浦（ありそうら）に泣きまろぶ（たげ）

夕ざれの深息（ふかいき）にしたぐへむかも。

夢の如（ごと）影消えては胸しなえて、

あこがるゝ力の、はた泡（う）と失せぬ。

遠々き春の野邊（ぬべ）を、奇琴（くしごと）なる

やは風にさまされては、猶夢路と

玉蜻（かぎろひ）と白う揺るゝおもかげをば

追ふなべに、いづくよりか狭霧（さぎり）落ちて、

砂漠（すなばら）のみちことごと閉ぢし如く、

小石なす涙そでに包み難し。

しるしの木妹（いも）が門（かど）に立てなむとて

千代（ちよ）あまり聞きなれたる梭の音の

아아 그것이, 생명을 쪼개는 예리한 얼음 도끼였나.
시위 떠난 채 갈 곳을 모르는 사냥 화살처럼,
앞뒤로 어둠이 꽉 들어찬 밤의 공허함에
정처도 없이 사라져 가려는 이내 몸이로구나.

새로 만든 옷 예쁘게 지어 입고 꽃을 따는
아가씨들에게 섞여서 노래하는 그녀도,
내 한결같음 몰라주고, 그대 옥 같은 팔
내 가슴에 둘렀으면 하여, 마음 졸이며,
몇백 밤을 홀로 찾아왔던 기나긴 길은
결국 그저 마지막으로 이끄는 새끼줄이었구나.

저주의 화살 어둠 속 새의 검은 날개로 만들어,
손에 들어 봐도, 유리 같은 눈동자 나를 쏘아보면,
팔 말라비틀어져, 억센 활시위 당길 방법 없구나.
삼 년 응어리진 원망의 독, 깃털에 바르는 것도
보람이 없어, 오히려 내 혼백에 온통 스며드니
시간이 지나며 내 고갱이의 물 말라 버렸구나.

ああそれよ、生命刻む鋭き氷斧か。

はなたれて行方知らぬ猟矢のごと、

前　後暗こめたる夜の虚に

あてもなく滅び去なん我にかある。

新　衣映く被き花束ふる

をとめらに立ちまじりて歌はむ身も、

かたくなと知らず、君が玉の腕

この胸にまかせむとて、心たぎり、

いく百夜ひとり来ぬる長き路の

さてはただ終焉に導く綱なりしか。

呪ひ矢を暗の鳥の黒羽に矧ぎ、

手にとれど、瑠璃のひとみ我を射れば、

腕枯れて、強弓弦をひく手はなし。

三年凝るうらみの毒、羽にぬれるも

かひなしや、己が魂に泌みわたりて

時じくに髓の水の涸れうつろふ。

사랑이 아니라, 죄를 찾는 여인의 마음을
정갈하게 할 옥구슬처럼 맑은 세상이 아니었네,
어째서, 새벽 마당 표면의 물에 이끼 두껍게 낀
오래된 우물에 몸을 씻고 베를 짜는가.
베틀 북 댄 손을 이따금 바꾸며, 그 하얀 삼베에
붉은 구름처럼 타오르는 마음속 실 더하지 않는가.

아아 내 소원, 헛되었도다, 화살나무를
이미 천 그루 다 세웠거늘. 헛되었도다.
아침 서리가 쑥 잎 사이에서 사라져 가듯,
들판의 물이 가시나무 잎에 숨어들 듯,
빛바랜 나의 환상, 어느 날까지
죽음이 들끓는 마음속에 참고 살 수 있을쏘냐.

내 마지막 숨 이제 다가왔구나. 검은 물결로
혼백 부르는 큰 강물의 심연이야말로, 영혼의 바다와
서로 길이 통하는 영원한 세상 죽음의 평화일지니.

愛ならで、罪うかがふ女<ruby>心<rt>め</rt></ruby>の心を

きよむべき<ruby>玉清水<rt>たましみず</rt></ruby>の世には無きを、

なにしかも、<ruby>暁<rt>あけ</rt></ruby>の庭面<ruby>水錆<rt>にはもみさび</rt></ruby>ふかき

<ruby>古眞井<rt>ふるまゐ</rt></ruby>に身を浄めて布を織るか。

梭の手をしばし代へて、その<ruby>白苧<rt>しらを</rt></ruby>に

<ruby>丹雲<rt>にぐき</rt></ruby>なしもゆる胸の糸添へずや。

ああ願ひ、あだなりしか、錦木をば

早や千束立てつくしぬ。あだなりしか。

朝霜の<ruby>蓬が葉<rt>ともき</rt></ruby>に消え行く如、

野の水の<ruby>茨<rt>うばら</rt></ruby>が根にかくるゝ如、

色あせし我が幻、いつの日まで

<ruby>沈淪<rt>ほろび</rt></ruby>わく胸に住むにたへうべきぞ。

わが息は早や迫りぬ。黒波もて

<ruby>魂<rt>たま</rt></ruby>誘ふ大淵こそ、霊の海に

みち通ふ<ruby>常世<rt>とこよ</rt></ruby>の死の<ruby>平和<rt>やはらぎ</rt></ruby>なれ。

원망도 없고, 고뇌도 없이, 지금 마음은

모조리 거대한 하늘의 빛으로 투과되리.

그럼 안녕 아가씨, 그대를 기다리리 하늘 꽃길에서.

うらみなく、わづらひなく、今心は
さながらに大天《おほあめ》なる光と透《す》く。
さらば姫、君を待たむ天《あめ》の花路《はなぢ》。

베틀 북 소리 편 (마사코의 노래)

발그레하게 베틀이 짜놓은 듯한 구름 빛도
저녁 어스름에 숨어 사라졌구나. 내 희망도
깊고 어두운 물결 가라앉는 심연의 바다로
진흙처럼 다시 떠오르지 못하고 사라져 가노라.

눈물 강 끝도 없는 강물은 어디까지고 맑지만,
가 버린 사람 영원토록 이 손으로 되돌리지 못하리.
사람들 말하길, 여인에게 품은 원한을 무거운 돌처럼
가슴에 담아 깊은 물 밑바닥 밟은 남자 있었다네.

마른 갈대 흔드는 음악 소리에, 잎이 우수수,
날 원망하고, 끊어지듯 이어진 그의 소리 담겼구나.
내려다보면, 어둠을 기는 물결 어렴풋이 비치고
나를 부르는 낯선 세상의 모습도 보이네.

유혹의 손길 끊고, 몸 정결히 지키기를 오랜 세월,

梭の音の巻（政子の歌）

さにずらひ機<ruby>機<rt>はた</rt></ruby>ながせる<ruby>雲<rt>くも</rt></ruby>の影も

夕暗にかくれ行きぬ。わがのぞみも

深黒み波しづまる淵の底に

<ruby>泥<rt>ひぢ</rt></ruby>の如また浮きこずほろび行きぬ。

涙川つきざる水<ruby>澄<rt>す</rt></ruby>みわしれど、

往きにしは世のとこしへ手にかへらず。

人は云ふ、<ruby>女<rt>め</rt></ruby>のうらみを重き石と

胸にして水<ruby>底<rt>みぞこ</rt></ruby>踏<ruby>踏<rt>を</rt></ruby>める男の子ありと。

<ruby>枯蘆<rt>かれあし</rt></ruby>のそよぐ歌に、葉のことごと、

我を<ruby>う<rt>あ</rt></ruby>らみ、たえだえなす聲ぞこもれ。

見をろせば、暗這ふ波ほのに透きて

我を<ruby>さ<rt>あ</rt></ruby>そふ<ruby>不知界<rt>みしらぬよ</rt></ruby>のさまも見ゆる。

<ruby>眞袖<rt>まそで</rt></ruby>たち、身を浄めて<ruby>長年月<rt>ながとしつき</rt></ruby>、

사랑을 기원했던 내 눈물 여전히 모자랐던가,
미칠 것만 같구나, 좋은 것으로 이끌라 부탁했던
한 줄 운명의 실, 이제 끊어져 버렸다네.

오지 말아 달라고 기다렸던 날 이미 와 버렸다니.
이전부터 신에게 바친 몸, 하늘로 가는 길에
아름다운 그 영혼 뒤를 쫓기란 쉬운 일이지만,
몹시도 고통스런 이 세상 추억에 다시 우노라.

바위 문처럼 속박 단단한 감옥 같은 곳에
갇혀 지내는 여인의 생명, 그것은, 오랜 우물에
따스한 빛이 있음을 모르고 가라앉은 황금과 같아,
빛도 명예도, 일찌감치 녹이 슬어 버렸지.

사슴 소리 듣고자 그분과 함께한 유노사와 가는 길
가을을 물들인 비단 흔들리는 단풍나무 한 가지를
꺾어서 내 머리 장식에 더해 꽂으며,
웃게 하신 일도 어제 아닌, 아아 오랜 옛 일이구나.

祈りぬる我が涙の猶足らでか、

狂ほしや、好きに導けと頼みかけし

一条の運命の糸、いま断たれつ。

来ずあれと待ちつる日ぞ早や来りぬ。

かねてより捧げし身、天のみちに

美霊のあと追はむはやすかれども、

いと痛き世のおもひ出また泣かるる。

石戸なす絆累かたき牢舎にして

とらはれの女のいのち、そよ、古井に

あたたかき光知らず沈む黄金、

かがやきも榮えも、とく錆の喰みき。

鹿聞くと人に供せし湯の澤路

秋摺りの錦もゆるひと枝をば

うち手折り我がかざしにさし添へつつ、

笑ませしも昨日ならず、ああ古事。

빈지문 불빛이 비치는 마당 쪽 창가,

실의 눈을 교차시키며 내는 베틀 북 소리에도,

말로는 알 수 없는, 환영 일어, 가슴에 다가와서는,

내키지 않는 손길에 시름 더해져 내 모습 야위었구나.

속박, (아아 악마의 짓이로다.) 예리한 눈으로

감시 받으니, 내 여린 가슴은 다 시들어 버렸구나.

그 울림소리, 마음을 찢는 베틀 북을 손에 잡고

정처도 없이 울며 기원하는 나는 어리석었도다.

마음의 눈 내면으로만 뜨고 있던 이내 몸은,

영혼의 새가 은거하는 꿈의 나라에서

평안한 밤에도 잠을 못 자고, 계속 깨 있으며,

기력 쇠하게 하는 무거운 날갯짓에 피 얼어붙었네.

화살나무를 문 앞에 세운다며 천 밤을 나르던

내 임의 발걸음 소리 밤마다 들었노라.

半蔀の明りひける狭庭の窓、

糸の目を行き交ひする梭の音にも、

いひ知らず、幻湧き、胸せまりて、

うとき手は愁ひの影添ふに痩せぬ。

ほだし、（ああ魔が業なれ。）眼を鋭く

みはり居て、我が小胸は萎え果てき。

その響き、心を裂く梭をとりて

あてもなく泣き祈れる我は愚かや

心の目内面にのみひらける身は、

霊鳥の隠れ家なる夢の国に

安き夜を眠りもせず、醒めつづけて、

気の沮む重羽搏に血は氷りぬ。

錦木を戸にたたすと千夜運びし

我が君の歩ます音夜々にききつ。

그 날짜가 쌓여 가는 것이 이 생명이
다하는 날인 줄은 모르고 있었구나.

연모하면서도 그 사람의 원망 살아 있는 화살 되어
비가 되어 내리는 운명의 길 얼마나 험준한지.
한탄치 않으려 해도, 서글퍼라 현세의 숙명 좁아서
삼 년 동안 찾아왔거늘 이제 벼랑 끝이라니.

상서로운 바람의 향기가 부는 나무 그늘의 꿈,
검은 안개의 꿈으로 바뀌더니, 그마저 사라졌네.
끊이지 않는 추억으로 풀이하여 알게 된
종말 후 세상의 빛, 이제 끝인가 내 목숨아.

아름다운 머리 장식이던 흑녹색 머리칼
잘라 헤치고, 기원하며, 강물에 몸을 던지니,
널리 퍼져서, 검은 무늬를 이루는 물결 표면,
소리도 없고, 밤하늘의 바람도 사라졌도다.

その日数かさみ行くを此いのちの

極み知る暦ぞとは知らざりけれ。

戀ひつつも人のうらみ生矢なして

雨とふる運命の路など峭しき。

なげかじとすれど、あはれ宿世せまく

み年をか辿り来しに早や涯なる。

瑞風の香り吹ける木蔭の夢、

黒霧の夢と変り、そも滅びぬ。

絶えせざる思出にぞ解き知るなる

終の世の光、今か我がいのちよ。

玉鬘かざりもせし緑の髪

切りほどき、祈り、淵に投げ入るれば、

ひろごりて、黒綾なす波のおもて、

聲もなく、夜の大空風もきえぬ。

마른 물풀처럼 내 머리칼 지금 가라앉는구나. ──
이제 여인의 원한이 살아나, 끝없는 바닥에서
남자의 가슴을 휘감으려는 건가, 죄가 깊게도. ──
푸른 불빛 나는 죽음이 뱉는 숨결 여기 흐르는구나.

첫 번째 별 눈물 젖은 듯 담담히 비치는 것은,
나 기다리며 넓디넓은 곳 방황에 외로워하던 그인가.
사랑의 궁전 하늘의 꽃향기 끊이지 않는
동산이 아니면 기이한 인연을 축복할 세상 없으리.

자 가련다, (그대 없으면, 무슨 산 목숨이리.)
통한 가득한 세상 육신의 껍데기 드높이 벗어던지고,
안식 속에, 하늘 위 영혼의 자리로, 안녕히 안녕히,
내 임 계시는 꽃자리로 그를 연모해 가려 하노라.[6]

枯藻なす我が髪いま沈み入りぬ。——

さては女のうらみ生きて、とはの床に

夫が胸をい捲かむとや、罪深くも。——

青火する死の吐息ぞここに通ふ。

ひとつ星目もうるみて淡く照るは、

我を待つと浩蕩の旅さぶしむ夫か。

愛の宮天の花の香りたえぬ

苑ならで奇縁を祝ぐ世はなし。

いざ行かむ、（君しなくば、何のいのち。）

恨み充つ世の殻をば高く脱けて、

安息に、天臺に、さらばさらば、

我が夫在す花の床にしたひ行かむ。

쓰루가이 다리에 서서[7]

비구니 검은 옷에 주름 사락사락
향 피우는 연기가 얽혀 든 듯이,
강여울을 흐르는 어둠의 색에
담담한 꿈결 같은 마음의 면사포 하고,
고요히 비쳐오는 달빛의
시름에 흔들거리는 밤의 곡조,
숨결처럼 깊숙이도 가슴으로 들이마시면,
오래 전 진기한 고토[8] 소리 더해져
아지랑이 끓듯이, 유리 안개로 세워진
먼 궁전의 환영 선명히 비치는구나.

팔천 년 세월 하늘을 가른 높은 산을,
밤의 장막을 드리운 땅에서 잠든
자기 아이의 하나인 양 내려다보면서,
큰 봉황새 날개를 펴 들고
끝없는 상상의 하늘을 날아가는가,

鶴飼橋に立ちて

比丘尼の黒裳に襲そよそよ

薫ずる煙の絡む如く、

川瀬をながるる暗の色に

淡夢心の面帕して、

しづかに射しくる月の影の

愁ひにさゆらぐ夜の調、

息なし深くも胸に吸へば、

古代の奇琴音をそへて

蜻火湧く如、瑠璃の靄の

遠宮まぼろし鮮に透くよ。

八千歳天裂く高山をも、

夜の帳とぢたる地に眠る

わが児のひとりと瞰下しつゝ、

大鳳生羽の翼あげて

はてなき想像の空を行くや、

영원히 흐르는 '시간'의 강에서
맞물고 서로 부딪치고 앞다투는 물
큰 파도 개의치 않고, 원망도 듣지 않고,
빛과 어둠을 만드는 궁전에서
시인은 성스러운 영혼의 주인.

보라, 이 길도 없는 하늘 길을
구름 수레의 둥근 운행 아주 조용하게
(사명은 무엇이련가) 새벽 신의
흔적 쫓아 뛰는 듯하구나, 하얀 꽃잎
계수나무 향기 내리는 달의 소녀,
(내 시의 자부심 바로 눈 앞에
상징을 이룬 영광스러운 모습인가.)
청정함이 응고되어 눈동자 밑바닥에
생명의 불이 심장 고동처럼, 사랑의 정원에
석신상 세워지듯, 빛을 더했구나.

소중한 평화 깨지 않으려선가

流れてつきざる『時』の川に
相噛みせめぎてわしる水の
大波浸さず、怨嗟きかず、
光と暗とを作る宮に
詩人ぞ聖なる霊の主。

見よ、かの路なき天の路を
雲車のまろがりいと静かに
（使命や何なる）曙の神の
跡追ひ駆けらし、　白　萉
桂の香降らす月の少女、
（わが詩の驕りのまのあたりに
象徴り成りぬる榮のさまか。）

きよまり凝りては瞳の底
生火の胸なし、愛の苑に
石　神立つごと、光添ひつ。

尊ときやはらぎ破らじとか

밤의 강물 멀리도 소리 가라앉는구나.

소리 나는 것은 무한한 생명이 내뱉는 숨결,

심장의 울림을 난간에 전하며,

달과 이야기한다면, 여기는 영구한

시의 자리 썩지 않을 쓰루가이 다리.

만약 내 몸이 아래를 지나는 물결의 거품이 되어

돌아오지 못할 암흑의 못 속으로 들어갈지라도

내 영혼 단단히 봉하여 시의 문을 지키고

생명은 달에 있는 꽃이 되어 피리라.

夜の水遠くも音沈みぬ。

そよぐは無限の生の吐息、
心臓のひびきを欄につたへ、
月とし語れば、ここよ永久の
詩の領朽ちざる鶴飼橋。

よし身は下ゆく波の泡と
かへらぬ暗黒の淵に入るも
わが魂封じて詩の門守る

いのちは月なる花に咲かむ。

떨어진 기와에 관하여[9]

시간이 나아가는 변천 속에서
(이 소리 침잠하는 경쇠[10]와 닮아,)
도망쳐서 천 년을 되돌지 못한
법칙의 그 울림에, 다시 더하여,
차갑게 식은 재만 남은 향로의
앞에서 염주 굴린 비구니들의
새된 목소리 찬불 노래 부르듯,
지금, 풀 깊이 자란 가을의 마당,
저녁에 치는 종소리가 감도는
희미한 그 음향을 같이 어울러,
오랜 옛날 신자의 이름을 새긴
이끼마저 색 잃은 썩은 기와들,
머나먼 그 옛날의 꿈결 속 자취
이야기하는 모습 가슴 아프고
떨어져서 맥없이 깨져 버렸네.

落瓦の賦

時の進みの起伏に
（かの音沈む磬に似て、）
反れて千年をかへらざる
法の響を、又更に、
灰冷えわたる香盤の
前に珠数繰る比丘尼らが
細き頌歌に呼ぶ如く、
今、草深き秋の庭、
夕べの鐘のただよひの
幽かなる音をともなひて、
古りし信者の名を彫れる
苔も彩なき朽瓦、
遠き昔の夢の跡
語る姿の恨ましう
落ちて脆くも砕けたり。

내가 서 있는 곳은 가람 벽 아래, ──

비에, 거센 바람에, 물거품 같은

죄를 보는 눈동자 감고 안 보며

가슴속의 거울에 깃들어 있는

삼세 유전流轉의 법칙 신기한 불빛

경외하는 마음에 두 손 모으고

노래하며 지나던 옛 스님들의

옷소매에 스치던 벽 아래구나. ──

저녁에 색도 없고 빛조차 없이

부옇게 색 흐려진 문에 기대어,

떨어진 기와들의 파편 위에서

나그네의 시름과 모습 담담히

길게 드린 옷자락 끌고 가면서,

부드럽게 조율한 낡은 고토의

옛 곡조 한 자락에, 옛날 옛적을

그리워하는 노래 연주하고는

이 세상도 영혼도 모두 다 함께

사라져 버릴 듯한 음곡의 여운

立つは伽藍の壁の下、——

雨に、嵐に、うたかたの

罪の瞳を打とぢて

胸の鏡に宿りたる

三世の則の奇しき火を

怖れ尊とみ手を合はせ

うたふて過ぎし天の子の

袖に摺れたる壁の下。——

ゆふべ色なく光なく

白く濁れる戸に凭りて

落ちし瓦の破片の上

旅の愁の影淡う

長き袂を曳きつつも、

轉手やはらに古琴の

古調一弾、いにしへを

しのぶる歌を奏でては、

この世も魂ももろともに

沈むべらなる音の名残

희미하게 움직인 보리수나무
천고의 노쇠함에 초라한 모습
목이 멘 많은 잎들 올려다보니,
오랜 세월의 황폐 몹시 무겁고
새삼스레 가슴이 아파지누나.

슬퍼라, 흰 난蘭 두터운 골에서
뿜는 향과 비슷한 향을 피우고,
귀한 자운紫雲의 법복 흔들렸으니
일어나는 징 소리 장엄하게도
적적함 묻은 울림 가슴에 스며,
모습 제대로 갖춘 금룡의 불꽃
켜진 촛불에 비쳐 흔들거리는
장식된 나무 기둥, 거기에 다시
저녁이 될 때마다 백단나무의
향기를 쐬이고는, 무지개 뱉는
나전 세공을 한 벽 불당 안에는,
때 묻지 않은 법의法衣 띠도 느슨히

わづかに動く菩提樹の

千古の老のうらぶれに

咽ぶ百葉を見あぐれば、

古世の荒廃いと重く

新たに胸の痛むかな。

あはれ、白蘭谷ふかく

馨るに似たる香焚いて、

紫雲の法衣揺れぬれば、

起る鉦鼓の荘厳に

寂びあるひびき胸に沁み、

すがた整ふ金龍の

燭火の影に打ゆらぐ

寶樹の柱、さては又

ゆふべゆふべを白檀の

薫りに燻り、虹を吐く

螺鈿の壁の堂の中、

無塵の衣帯緩う

자애의 눈에 눈물 그렁그렁한

장로의 불법 주문 이끌어 주니,

치맛자락 조용히 늘어서 앉은,

온갖 나이 순례자 많이도 모여,

향과 꽃을 바치는 아이도 섞여,

찬불 노래 부르는 저녁의 근행勤行

수백 수천 목소리 울려 퍼져서,

불법佛法 영광스런 꽃 흘러넘치고,

봄 드리운 그림자 어여쁜 구름

하늘에 퍼지듯이, 사람들 마음

풀리게 해, 정토의 지혜의 빛을

남김없이 지상에 드러내리니

교만과 영화의 자취 이곳이지만,

(믿음아, 거친 바닷가 모래알처럼,

원래 있던 심연에 숨는 것이냐,

아니면, 유전하는 '시간'의 물결

법칙이 만든 고개 넘는 것이냐.)

잔영의 벽은 그저 춥기만 하고,

慈眼涙にうるほへる

長老の咒にみちびかれ、

裳裾静かにつらなりて、

老若の巡禮群あまた、

香華ささぐる子も交り、

禮讃歌ふ夕の座の

百千の聲のどよみては、

法の栄光の花降らし、

春の常影の瑞の雲

靡くとばかり、人心

融けて、浄土の寂光を

さながら地に現じけむ

驕盛の跡はここ乍ら、

(信よ、荒磯の砂の如、

もとの深淵にかくれしか、

果たや、流轉の『時』の波

法の山をも越えけむか。)

残んの壁のただ寒く、

노목도 허무하게 침묵을 하니,
사람 내음 끊어진 혼의 흔적에
다시금 경쇠 소리 들리지 않고,
떨어지는 기와는 그저 오래된
파괴의 역사로서 부서졌구나

비슷한 운명이여, 떨어진 기와.
(서둘러 돌아가는 봄의 연주자
어느 틈에 서리로 녹아 가지만,)
아아, 아아 나조차 고토와 같아, ──
어둠과 미망 사이 벌어진 자리
오로지 한 줄기로 동경의 마음
생명을 이어주는 빛이 되리니, ──
그 줄이 약해져서 끊어질 날은,
활시위 떠나 과녁 맞추지 않고,
가느다란 신음을 퍼뜨리면서
무성한 들 속 썩는 화살과 같이,
끝나 버릴 마을아, 그곳 어딜까.

老樹むなしく黙しては、

人香絶えたる霊跡に

再び磬の音もきかず、

落つる瓦のただ長き

破壊の歴史に砕けたり

似たる運命よ、落瓦。

（めぐるに速き春の輪の

いつしか霜にとけ行くを、）

ああ、ああ我も琴の如、――

暗と惑ひのほころびに

ただ一條のあこがれの

いのちを繋ぐ光なる、――

その絃もろく断へむ日は、

弓弦はなれて鵠も射ず、

ほそき唸りをひびかせて

深野に朽つる矢の如く、

はてなむ里よ、そも何處。

고토를 끌어안고, 눈을 들어서,

깨끗한 하얀 연꽃, 만다라화의,

안개와 향을 불어 혼의 자리를

돌아보니 들려온 서역의 극락,

눈물 훔쳐 닦으며 바라보노니,

맑게 개인 하늘에 가을의 구름

바야흐로 황금색 빛을 흘리고,

빈 회랑에 백 代의 꿈도 깊숙한

가람이 어느 저녁 바람도 없이

별안간에 무너져 망가지듯이,

마치 하늘이 내린 듯한 손길로

평생에 갈망하던 연주 마쳤네

거인이 마지막에 들어가듯이,

어둠의 절규 뒤쪽에서 보면서,

빛이 드린 장막을 열어젖히고,

저녁 해 하늘 길에 저물었도다.

琴を抱いて、目をあげて、

無垢の白蓮、曼陀羅華、

靄と香を吹き霊の座を

めぐると聞ける西の方、

涙のごひて眺むれば、

澄みたる空に秋の雲

今が黄金の色流し、

空廊百代の夢深き

伽藍一夕風もなく

俄かに壊れほろぶ如、

或は天授の爪ぶりに

一生の望み奏で了へし

巨人終焉に入る如く、

暗の戦呼をあとに見て、

光の幕を引き納め、

暮暉天路に沈みたり。

메아리

꽃과 풀 잎에 물고 음력 오월 사당의 나무 그늘
지저귀는 작은 새와 어울려 노래하고 있으면,
반주 소리 희미하게, 저녁 들판 아지랑이처럼,
'꿈속의 골짜기'에서 메아리가 감돌며 온다. ——
봄 햇살의 작은 수레 사라져 가는 바퀴 소리인가,
아니면 그 어린 시절 추억 소리인 양 더해졌나. ——
초록의 부드러운 숨결 깊숙이 가슴에 들이마시고,
입 다물면, 여전히 또 소리 없이 울려 퍼지네.

아아 너, 하늘에 울려 퍼지다, 다시 떨어져 내린
사랑 노래의 여운이여. 아니라면 땅의 마음의
낭간 구슬 같은 무구한 공허가 되돌릴 소리여.
메아리! 지금 나 깨끗하게 마음을 밝히고
맴도는 빛의 보이지 않는 그림자를 따르니,
내 노래 도리어 네 소리의 잔향을 전하리라.

山彦

花草啣みて五月（さつき）の杜（もり）の木陰

囀（てん）ずる小鳥に和（あは）せて歌ひ居れば、

伴奏仄（ともなひ）かに、夕野の陽炎（かげろふ）なし、

『夢なる谷』より山彦ただよひ来る。——

春日の小車沈める轍の音（ね）が、

はた彼の幼時の追憶聲（おもひで）と添ふか。——

緑の柔息（やはいき）深くも胸に吸ひて、

黙（もだ）せば、猶且つ無聲にひびき渡る。

ああ汝（なれ）、天部にどよみて、再（また）落ち来（こ）し

愛歌（あいか）の遺韻（ゐいん）よ。さらずば地（つち）の心（しん）の

瑯玕無垢なる虚洞（うつろ）のかへす聲よ。

山彦！ 今我れ清らに心明（あ）けて

ただよふ光の見えざる影によれば、

我が歌却りて汝が響の名残（なね）傳ふ。

새벽 종

연화좌蓮花座 구름 소용돌이 빛의 문에 자욱하니,
무수한 가지 가득 핀 꽃잎 여명의 웃음에 흔들려,
붉은 물결 이루는 벚꽃의 싱그러운 꽃그늘,
아래 가지의 꿈 불어대는 황금 바람을 타고
울려 퍼지네, 새벽 종, ──솔기 없는 하늘 옷 날리며
구름의 수레 소리 없이 가게 하는 새벽 신의
보라색 끈 달린 왼손에 사랑의 방울
여운인가, ──밝고 높은 훈풍 어지럽히며 달리네.

보라 이제, 오음[11]의 정연한 종소리 흐르고 흘러
서광의 하얀 색채 고요히 벚꽃 정원에 뿌리면,
(정화淨化의 사명에 들끓어, 봄의 신도
소매를 흔들겠지,) 비단 구름이 녹기라도 하듯,
담담한 꽃색 화염처럼 가지마다 바람에 불타오르고,
지는 꽃 타오르듯 어지럽게 온 땅에 비단 깔았구나.

暁鐘

蓮座の雲渦光の門に靉くや、

萬朶の 葩 黎明の笑にゆらぎ、

くれなゐ波なす櫻の瑞花蔭、

下枝の夢吹く黄金の風に乗りて

ひびくよ、暁鐘、――無縫の天領綸ふり

雲 輦 音なく軋らす曙の神が

むらさき紐ある左手の愛の鈴の

餘韻か、――朗らに高薫乱し走る。

見よ今、五音の整調流れ流れ

光の白彩しづかに園に撒けば、

（浄化の使命に勇みて、春の神も

袖をや揺りけめ、）綾 雲融くる如く、

淡色焔と枝毎かぜに燃えて、

散る花燎亂満地に錦延べぬ。

저녁 종

성승들의 이름을 새긴 가람 벽에 스미며
'영원한 도읍'의 멸망을 선언한 저녁,
다시 저 법륜무애[12]의 목소리를 올리고
꿈을 부르는 보물 나무 숲 동산이 흔들릴 때여,
어떤 아름다운 소리를 하늘의 음악에 더하여,
저녁 종아, 아아 너, 태초부터 하늘에 울리는구나.
하늘의 바람이 이만 리里 땅 불고도 멈추지 않듯,
흥망의 팔천 년 지금도 계속 울리기를 그치지 않아.

지는 해를 보내고, 밤의 숨결 이끌어 내며,
영광과 성지聖智라 하던 것들 끊임없이 매장하는,
역사의 흐름과, 유정한 사람 앞에
영겁의 벗인 '비밀'이여, 아아 이제 다시,
시가詩歌의 시름에 빈 병의 응어리로 가라앉아
짙은 꿈꾸는 내 영혼 '무생'[13]에 태우고 달려라.

暮鐘

聖徒の名を彫る伽藍の壁に沁みて
『永遠なる都』の滅亡を宣りし夕、
はたかの法輪無碍の聲をあげて
夢呼ぶ寶樹の林園揺れる時よ、

何らの音をか天部の樂に添へて、
暮鐘よ、ああ汝、劫初の穹に鳴れる。
天風二萬里地を吹き絶えぬ如く、
成壞の八千年今猶ひびきやまず。

入る日を送りて、夜の息さそひ出でて、
榮光聖智を無間に葬り来て、
青史の進みと、有情の人の前に

永劫友なる『秘密』よ、ああ今はた、
詩歌の愁ひに素甕の澱と沈み
夢濃きわが魂『無生』に乗せて走れ。

117

밤의 종

종이 운다, 종이 운다, 예컨대 파도 센 먼 바닷물
우레 소리 떨어졌다 새롭게 다시 높아지듯이,
(장엄하기도 하구나, '비밀'이 지닌 맑은 긍지,)
구름 길에 넘치고, 땅 밑 중심 어둠에 울리며,
달빛은 어렴풋하게, 안개 옷은 마치 하얀 은처럼,
거대한 꿈 감싸 안은 세계 속으로 감돌아 오며,
낮도 없고, 밤도 없이, 지나도 아직 지나지 않은
영원한 법 세계의 깨달음을 널리 알리는도다.

그림자 없는 빛에 끝없는 길을 여는
'비밀'의 외침이여, 천계의 숲 몽롱히 흔드는
잎새 끝 남은 울림이여, 아아 종, 하늘 목소리여.
불빛 비치지 않는 텅 빈 복도 한밤의 창문에서
하늘 뜻에 고민하고, 현세의 죄에 대해 우니,
존귀한 네 그 소리에 저절로 고개가 숙여지누나.

夜の鐘

鐘鳴る、鐘鳴る、たとへば灘の潮の

雷音落ちては新たに高む如く、

（荘厳なるかな、『秘密』の清き矜り、）

雲路にみなぎり、地心の暗にどよみ、

月影朧ろに、霧衣白銀なし、

大夢罩めたる世界に漂ひ来て、

昼なく、夜なく、過ぎても猶過ぎざる

劫遠法士の暗示を宣りて渡る。

影なき光に無終の路をひらく

『秘密』の叫びよ、満林夢にそよぐ

葉末の餘響よ、ああ鐘、天の聲よ。

ともしび照らさぬ空廊夜半の窓に

天意にまどひて、現世の罪を泣けば、

たふとき汝が音におのづと頭下る。

탑 그림자

잠이 든 커다란 문에 가을 햇살이 잠시 기대어

돌아보는 이쪽 방향, 쓸쓸해 보이는 저녁 빛,

겁풍劫風 속 천고의 세월 견딘 경문 풀 위에 드리우고

금자탑 이룬 그림자 언덕에 길게 던져 놓았네.

붉은 색칠 다 벗겨져, 비룡을 조각해 둔 벽에도

금박 칠한 흔적 없는 황폐한 풍경 속에 서서는,

위를 보면, 어지러운 구름 흰 뱀의 분노 서슬 퍼렇고

안을 보면 조각의 음영 그 침묵 장엄하기도 하지.

법종法鐘의 슬픈 소리 그 가르침은 팔천 번의 가을

흩뿌려진 그림자로 저녁마다 매몰되어 오고,

무너짐 속에도 교만한 옛 탑 그 깊은 마음을

비추는 것은 소멸과 임종의 '가을' 눈동자네.

(신비여 춤을 추려마,) 아아 지금, 밤은 흘러내리고,

적멸 감싸 안은 채, 만물의 그림자로 죽었노라.

塔影

眠りの大戸に秋の日暫し凭りて

見かへる此方(こなた)に、淋しき夕の光、

劫風千古の文(ふみ)をぞ草に染めて

金字の塔影丘邊(をかべ)に長う投げぬ。

紅欄朽ち果て、飛龍を彫(ゑ)れる壁の

金泥(こんでい)跡なき荒廃(すさみ)の中に立ちて、

仰げば、亂雲白蛇の怒り凄く

見入れば幽影しじまのおごそかなる。

法鐘悲音(ひおん)の教を八十百秋(やそももあき)

投げ出す影にと夕毎葬り来て、

亂壊(らんゑ)に驕れる古塔の深き胸を

照らすは銷沈臨終(しやうちんいまは)の『秋』の瞳。

(神秘よ躍れや、)ああ今、夜は下(くだ)り、

寂滅封じて、萬有(ものみな)影と死にぬ。

황금빛 환상

생명 비롯되는 원천 봉해 놓은 하늘의 초록색
빛처럼 타오르는 아름다운 영혼의 문이던가. ——
영혼의 문, 진정 그건, 아아 이 파릇한 젊은 눈동자,
거센 불, 생생한 불꽃으로 위세 느긋이 보이며
팔천 그물 화려한 빛 나를 둘러싸 묶고 있구나. ——
서 있는 곳은 사랑의 들판, 둘만의 들판이니,
너의 눈 올려보며, 이 몸은 그저 할 말도 없이,
세상 비추는 빛 속 불꽃 같은 꿈에 취했더랬지.

보라 지금, 세상 모습 자애로운 빛 구름을 띠고
넘어지는 소리 없이 열애의 들판 끝을 달리지.
달렸노라, 돌았노라, 아아 그럼에도 끝이 없는
황금빛 환상의 경지! 이야말로 삶이 꿈의
영원한 순간 순간을 알고 나아가, 두 사람 이미
빛나는 하늘을 향해 승화하는 날갯짓하는구나.

黄金幻境

生命(いのち)の 源(みなもと) 封じて天(あめ)の緑

光と燃え立つ匂ひの霊の門(と)かも。──

霊の門、げにそよ、ああこの若睛眸(わかまなざし)、

強き火、生火(いくひ)に威力(ちから)の倦弛(ゆるみを)織りて

八千網彩影(やちあみあやかげ)我をば捲きしめたる。──

立てるは愛の野、二人(ふたり)の野にしあれば、

汝が瞳(なめ)を仰ぎて、身は唯言葉もなく、

遍照光裡(へんじやうくわうり)の焔の夢に酔ひぬ。

見よ今、世の影慈光の雲を帯びて

轢(まろが)り音なく熱野(ねつや)の涯(はて)を走る。

わしりぬ、環りぬ、ああさて極まりなき

黄金幻境！ かくこそ生の夢の

久遠の瞬き進みて、二人すでに

匂ひの天(あめ)にと 昇華(しやうげ)の翼振(つばさふ)るよ。

꿈의 꽃

환상을 꿰매 기운

하얀 꽃잎 옷 투명하고, 어슴푸레하게

사랑에 촉촉이 젖은, 그 꽃은 백합,

청록색 물을 들인

여린 어깨의 얇은 비단은

꿈결 같은 불꽃의 음력 유월 햇살,

흔들어 눈뜨게 하는 부드러운 바람에,

잠은 새하얀 여름의 궁전.

　(아아 내 생명

　여름의 궁전.)

꿈은 깨졌도다.

아아 하지만, (이 자태,

이 천상의 느낌, 생시이건만,)

그 심정은 깊고

꿈은 여전히, 예쁜 소용돌이

夢の花

まぼろし縫へる
白衣(びゃくいす)透き、ほのぼのと

愛にうるほふ、それや白百合、

青緑(みどりす)摺りたる
弱肩の羅綾(うすもの)は

夢の焔の水無月日射(ひざし)、

揺れて覚めにき和風(やはかぜ)に、

眠ま白き夏の宮。

　（ああ我がいのち

　　夏の宮。）

夢は破れき。

ああされど、（この姿、

この天(あま)けはひ、現(うつつ)ながらに、）

こころ深くも

夢は猶、玉渦(たまうづ)の

빛 고운 파도 끓어 넘치는 심연인가.

아가씨는 생각했지, 지극히 뜨거운

남쪽의 초록 짙은 사랑의 나라.

  (아아 내 생명

  사랑의 나라.)

빛의 입술에

새벽이 되살아나서,

푸른 바람 악기 소리로 감도는 숲에,

가 버리고 돌아오지 않는

꿈결의 밤과 이룬 조화를

그리움이 머금은 이슬 사이 부는 소리에

아가씨는 노래했지, 황홀한 기쁨이

가 버린 채 돌아오지 않는 황금빛 세상.

  (아아 내 생명

  황금빛 세상.)

잎을 푹푹 찌는 한낮,

光匂ひの波わく淵や。

姫は思ひぬ、極熱の

南 緑の愛の國。

　（ああ我がいのち

　　愛の國。）

光の脣に

曙ぞよみがへり、

青 風小琴ただよふ森に、

逝きてかへらぬ

夢の夜の調和を

あこがれうるみ露吹く聲に

姫はうたひぬ、驕樂の

逝きてかへらぬ黄金の世。

　（ああ我がいのち

　　黄金の世。）

葉を蒸す白晝、

백 마리 새들이 부르는 생의 노래

흘러넘쳐 울리는 초록 요람 같은

나뭇가지 사이를 흘러 땅으로

빛을 되쪼이는 강한 햇살의

여름에 지쳐, 향을 내뿜는 숨결에

아가씨는 원망했지, 영원히 평안한

청량하고 달콤한 시가詩歌의 바다.

  (아아 내 생명

  시가의 바다.)

산들의 파도 저 멀리

가라앉는 해 임종의 눈동자,

지금 막 가라앉아, 흰 화살 같은 불꽃,

끝이 없는 끝을

헤어져 가는 영혼처럼,

흐릿하게 녹아 가는 땅의 황혼에서

아가씨는 기도했지, 위대한 하늘의

영혼이 태어나는 꿈결의 고향.

百鳥(ももとり)の生の謡(うた)

あふれどよめく緑揺籃(みどりゆりご)の

枝洩(えだも)れて地に

照りかへる強き日の

夏をつかれて、かほる吐息に

姫は恨(いた)みぬ、常安(とこやす)の

涼影(すずかげ)甘き詩(うた)の海。

　（ああ我がいのち

　　詩(うた)の海。）

山並遠く

沈む日の終焉(をはり)の瞳(め)、

今が沈みて、焔の白矢(しらや)、

涯なき涯を

わかれ行く魂(たま)の如、

うすれ融(と)け行く地の黄昏に

姫は祈りぬ、大天(おほあめ)の

霊のいのちの夢の郷(さと)。

129

(아아 내 생명

꿈결의 고향.)

그날 하루, 해는 이미

저물어 가고, 유향[14]의

밤 선율을 그리워하는 백합 아가씨가

기다리던 밤의 희망,

그 희망이 먼저 깨지고,

어둠으로 방패를 잡은 거친 바람의 화살에

아가씨는 쓰러졌지, 남은 향기

너무나 원망스러운 꿈결의 꽃.

(아아 내 생명

꿈결의 꽃.)

음력 유월 깊은

숲 그늘의 한 송이 백합,

보일 듯 보이지 않는 세상에서 동경했지

아아 그 꿈결의

（ああ我がいのち

　　夢の郷。）

ひと日、日すでに

沈みゆき、乳香の

夜の律調を戀ふ百合姫が

待夜ののぞみ、

その望み先づ破れて、

暗に楯どる嵐の征矢に

姫はたふれぬ、残る香の

いと傷ましき夢の花。

　（ああ我がいのち

　　夢の花。）

水無月ふかき

森かげの一つ百合、

見えて見えざる世にあこがれし

ああその夢の

양귀비꽃 향그러운 날개,

너무도 고귀하고 청초하므로,

아가씨는 시들었지, 밤바람 같은

질투에 꺾어지는 믿음의 가지.

　(아아 내 생명

　믿음의 가지.)

향백香柏나무[15] 뿌리에

(환상인가, 진실로) 서글퍼라

꿈의 잔향을 묻고 떠나가,

떠나가 거친 바람의

피로 빛바랜 화살의 절규는

어디로 갔는고. ──그저 그 밤부터

아가씨는 빛냈지 파란 구슬로 만들어진

하늘 제단 비추는 예술의 촛불.

　(아아 내 생명

　예술의 촛불.)

罌栗花のにほひ羽、

あまりに高く清らかなれば、

姫は萎れぬ、夜嵐の
妬みに折るる信の枝。

　（ああ我がいのち

　信の枝。）

香柏の根に

（幻や、げに）あはれ

夢の名残を葬むり去りて、

去りて嵐の
血寂びたる矢叫びは

いづち行きけむ。──ただ其夜より

姫は匂ひぬ青玉の
天壇い照る藝の燭。

　（ああ我がいのち

　藝の燭。）

선율의 바다 (우에노 여사[16]에게 바치다)

담홍색 물든 음력 사월 햇살에 취한 향자작나무
선율 어린 새벽녘에 마침내 봄은 나이들고,
노랫소리 눈물짓는가, 부드러운 음곡 바다에 깊이
옛 세상의 추억을 떠올렸구나. ──아아 흐릿하게,
흔들리는 섬세한 예술의 파도 안에,
꽃무늬 쓰개 옷이여, 지나쳐 가도 여전히 모습 비쳐,
(내 마음은 원망했지, 아아 그 가슴 시린 모습.)
오백 년 세월 새롭게 가라앉은 사랑을 부르노라.

푹 빠진 눈동자 잠시도 움직이기 힘들고,
섬세한 예술의 촛불 조용히 나를 이끌며,
투명하게 비치는 날개옷 빛의 바다를 달리누나.
보라 지금, 부드러운 손길로 연주하는 음의 아가씨
눈빛에 흘러넘치는 하늘 길 향한 몽환의 정취,
빛이 흔들리며 흘러넘치는 선율의 바다.

しらべの海（上野女史に捧げたる）

淡紅染め卯月の日に醉ふ香樺の

律調のあけぼの漸やく春ぞ老いて、

歌聲うるむや、柔音の海に深く

古世の思をうかべぬ。――ああほのぼの、

ゆらめく藝の焰の波の中に、

花摺被衣よ、行きても猶透きつつ、

（心は恨みぬ、ああその痛き姿。）

五百年あらたに沈淪べる愛を呼ばふ。

凝りては瞳の暫しも動きがたく、

藝の　燭　火しづかに我を導きて、

透影羽衣　光の海にわしる。

見よ今、やはら手轉ずる樂の姫が

眼光みなぎる天路の夢の匂ひ、

光の揺曳流るる律調の海。

오월 아가씨

꿈의 골짜기,
신록의 빛 달달한
오월의 산들바람 퍼지는구나
은은한 보랏빛 바람 부는 오동나무
꿈의 골짜기,
푸른 풀 잠이 들은
초록빛 작은 침상에 오월 아가씨,
한낮의 물기 머금은 사랑의 꿈결.

환상의 모습
아가씨의 자태란
히아신스가 흘리는 이슬
황금물 떨어지듯 아름답구나
샘물 고인 데
시치미 떼고 있는 빛.
꿈은 물결이 없는 물결 같도다,

五月姫

夢の谷、

新影あまき
<ruby>新影<rt>にひかげ</rt></ruby>あまき

五月そよ風匂ひたる
<ruby>五月<rt>さつき</rt></ruby>そよ風匂ひたる

にほひ紫吹く桐の

夢の谷、

青草眠る

みどり小牀に五月姫、
みどり<ruby>小牀<rt>をとこ</rt></ruby>に<ruby>五月姫<rt>さつきひめ</rt></ruby>、

白畫うるほふ愛の夢。
<ruby>白畫<rt>まひる</rt></ruby>うるほふ愛の夢。

まぼろしの

姫がおもわは

ハイアシンスの滴露の
ハイアシンスの<ruby>滴露<rt>しただり</rt></ruby>の

黄金しただりなまめける

水盤の

そしらぬ光。

夢は波なき波なれや、

향유香油처럼 호사스런 사랑의 색채.

검은 머리의

살랑임과 닮았네

보랏빛 송이 풍성한 오동나무 꽃.

꽃은 흔들리면서, 젊어지누나

붉은 색 입술

미소를 머금으면

하얀 날개깃 꿈의 깃털 가볍게

작은 나비 머물렀지, 사랑의 향에.

매혹의 바람

기색도 부드럽게

이마에 늘어지는 예쁜 백합꽃.

백합 향기 풍기면, 나의 아가씨

가슴 동그란

꿈도 같이 풍기고,

골짜기에도 풍기지, 하늘과 땅의

香　膏 の戀の彩。

黒髪の

さゆらぎ似たり、

むらさき房の桐の花。

花はゆらぎて、わかやげる

紅の脣

ほほゑみ添へば、

白羽夢の羽かろらかに

小蝶とまりぬ、愛の香に。

媚風の

けはひやはらに

額にたれたる小百合花。

小百合にほへば、我が姫の

むね圓き

ゆめも匂ひぬ、

谷もにほひぬ、天地の

빛도 꿈결의 향기 풍기는 동산.

꿈의 골짜기,

꿈이야말로 깊어

여기야말로 아름다운 사랑의 궁전.

궁전의 구슬발 보랏빛 나는

영화로움에

지금 나부끼리니,

샤론[17]의 들판에 핀 백합 계곡에

나부끼고 있구나 사랑의 깃발.

아가씨 눈은

밖으로 감겨 있고,

닫혀 있는 동산의 사랑 그 문.

동산을 가로질러, 언덕 넘어서,

춤을 추면서

살아 있는 노루가

찾아와 주었으면, 아가씨 꿈에

光も夢のにほひ園。

夢の谷、

ゆめこそ深き

ここぞ匂ひの愛の宮。

宮の玉簾むらさきの

英華に

今ひるがへれ、

シヤロンの野花谷百合に

ひるがへりたる愛の旗。

姫が目は

外にとぢたる、

とぢたる園の愛の門。

園をうがちて、丘こえて、

をどりつつ

生の小獐の

おとづれ来なば、姫が夢

석류를 피웠으면, 달콤한 꿈에.

환상의 모습

깨어서 깨지 않는

(진실로 그러했으면,) 삶의 골짜기.

골짜기는 감싸 안았지, 과거로부터

환상의 모습

깨어서 깨지 않는

빛과 평화, 그리고 사랑의 꿈결,

잠든 채 살아가는 오월 아가씨.

柘榴と咲かめ、甘き夢。

まぼろしの

さめてさめざる

（げにさもあれや、）生の谷。

谷はつつみぬ、いにしへゆ

まぼろしの

さめてさめざる

光、平和、愛の夢、

眠りに生くる五月姫。

혼자 가련다

달은 졌도다.
(시름하는 내 생명)
환상의 숲속으로, 자 이제
혼자 가련다.
세상 만물 소리를 죽이고,
(아아 내 생명) 기억 속의
신묘한 음악의 밤 달콤한 숲.
　　(밤의 기억
　　　　생명의 기억)

사랑 이루었도다.
(꿈꾸는 내 생명)
나를 잊을 숲으로, 자 이제
혼자 가련다.
양귀비꽃 향기가 풀려,
(아아 내 생명) 쉬는 숨결의

ひとりゆかむ

月はくれぬ。

（愁ひのいのち）

幻想の森に、いざや

ひとりゆかむ。

萬 有音をひそめて、

（ああ我がいのち）おもひでの

妙樂の夜あまき森。

　　（夜のおもひ

　　　　いのちのおもひ）

戀成りぬ。

（夢見のいのち）

忘我の森に、いざや

ひとりゆかむ。

花瞿栗にほひゆるみて、

（ああ我がいのち）つく息の

초록의 옅은 안개 흔들거리는 숲.

  (밤의 향기

    사랑의 향기)

사랑 깨졌도다.

(한탄하는 내 생명)

기원의 숲속으로, 자 이제

혼자 가련다.

그녀 모습, 기도하면 할수록

(아아 내 생명) 하늘이 준 삶

새로이 향을 뿜는 사랑의 숲속.

  (밤의 기도

    생명의 기도)

달이 비쳤도다.

(우아한 내 생명)

환상의 숲속으로, 자 이제

혼자 가련다.

みどりうす靄ゆらぐ森。

　　（夜のにほひ

　　　　戀のにほひ）

戀破(や)れぬ。

（なげきのいのち）

祈りの森に、いざや

ひとり行かむ。

面影、いのるまにまに

（ああ我がいのち）天(あめ)の生

あらたに馨る愛の森。

　　（夜のいのり

　　　　いのちのいのり）

月照りぬ。

（あでなるいのち）

幻想(おもひ)の森に、いざや

ひとりゆかむ。

희끄무레, 달빛 아래에

(아아 내 생명) 영혼의 고향

황금빛 꽃 물가에 떠오르는 숲.

　　(밤의 생명

　　　아아 내 생명)

ほのぼの、月の光に

（ああ我がいのち）故郷の

黄金花岸うかぶ森。

　　（夜のいのち

　　　　ああ我がいのち）

꽃지기의 노래

밤은 샜도다.

생을 맞이하러

마음이 사는 곳, 동산의

문을 열리라.

빛이여, 꽃으로 자라나라.

꿈에서 꿈으로 관문을 놓고,

외로운 동산에서 꽃을 지키노라.

꽃이 피누나,

사랑의 하얀 백합,

사랑은 살포시, 꿈의

관문으로 밝아와,

이슬에 부는 향기로운 잔

나에게 바치는구나, 내가 지키는

환상, 빛, 생의 동산.

花守の歌

夜はあけぬ。

生の迎ひに
<ruby>む<rt></rt></ruby>か

心の住家、園の

門を明けむ。
<ruby>か<rt></rt></ruby>ど

光よ、花に培かへ。
<ruby>つ<rt></rt></ruby>ち

夢より夢の關据ゑて、

孤境の園に花を守る。
こきやう　その

花咲くや、

愛の白百合、

愛はほのぼの、夢の

關に明けて、

露吹く　香　盃
にほひさかずき

我にそなへぬ、我が守る

幻、光、生の園。

화려하게

황금 치장을 한

백 명의 아가씨들, 입술에

자부심을 보이며,

요란하게 문을 지났구나. ──

그와는 닮지 않은, 내 가슴속

고귀한 꿈에 사는 꽃.

해가 중천에 올랐도다,

한낮의 침묵. ──

이러한 날이다 보니, 나는

혼자 갔었지,

새롭게 생이 피어나리라고.

지키던 외로운 동산을 나와

황금으로 치장한 시정市井의 궁전.

경계 삼엄한

문지기 아가씨들,

はなやかに

黄金よそほふ

姫の百人、脣に

ほこり見せて、

ゆたかに門をよぎりぬ。──

それには似じな、わが胸の

あでなる夢に生くる花。

日は闌けぬ、

畫の沈黙。──

かかる日なりき、我は

ひとりゆきぬ、

新たに生や香ると。

守る孤境の園を出て

黄金よそほふ市の宮。

いかめしき

門守の姫ら、

나를 거부했지, "동산의

열쇠를 버려라."

공허한 미소여, 궁전의

권력 뒤편으로, 놀라서

나는 되돌아갔지, 내 동산으로.

빛이 키우면,

피는 꽃은 저절로

하늘 쪽을 향했지. 이것이

생의 사다리인가.

잠이 들면 동산은 꽃들의 누각,

영혼이 숨어든 집이구나. 내가 지키는

이 작은 동산에서 나는 왕이로다.

부드러운

사랑 노래 울려 퍼지는구나,

꽃들의 거대한 물결, 동산에

선율 흔들리며,

我をこばみぬ、『園の

鍵を捨てよ。』
うつろの笑《ゑみ》や、宮居の
権力《ちから》うしろに、をどろきて

我はかへりき、わが園に。

つちかへば、

花はおのづと

天にむかひぬ。これや
生の梯《はし》か。
ねむれば園は花樓《はなどの》、
霊の隠家《ゐんげ》よ。我が守る
小さき園生に我ぞ王《わう》。

やはらぎの
愛歌《あいか》わたるや、

花の大波、園に

しらべ搔りて、

하늘에 있는 꿈결의 고향

찬란한 해원에 온통,

빛으로 투명해진 외로운 동산.

해는 졌도다,

꿈을 지키려고

마음이 사는 집, 자 이제

문을 닫으련다.

밤도 없고 낮도 없는 동산에는

꿈에서 꿈으로 관문을 놓고,

하늘 길을 열고자 열쇠 감추었구나.

밤이여 내려와

모든 것을 끌어안으라.

내가 지키는 동산 문에는

어둠 허용하지 않으니.

내 동산, 바야흐로 세계에

빛을 만드는 그 근원의

天なる夢の故郷《ふるさと》

匂ひ海原さながらに、

光と透きぬ孤境園《ひとりぞの》。

日はくれぬ、

夢の守りに

心の住家、いざや

門をささむ。

夜なく日なき園には

夢より夢の關据ゑて、《せきす》

天路《あまぢ》ひらかむ鍵秘めぬ。

夜よ降《お》りて

ものみな包《つつ》め。

わが守る園の門には

暗は許《ゆ》りず。

我が園、今か世界に

光をつくる源の

외로운 동산에서 나는 왕이로다.

孤境の園に我ぞ王^{わう}なれ。

달과 종[18]

하늘 길 저 멀리 고향 마을의
음악 소리 아쉬움 표현하고자,
벚꽃이 핀 동산에 어슴프레한
꿈결 같은 색을 띤 달빛 그림자.

꽃은 잠들어도, 어떤 사람의
꿈을 이루기 힘든 나그네 마음,
영원한 잠 속으로 들어가려니
달 보고 눈물짓나 한밤 종소리.

月と鐘

あまぢはるかに故里の
^{がく}
樂の名残をつぐるとて、

さくらの苑におぼろなる

夢の色ひく月の影。

花は眠れど、人の子の

夢なりがたき旅ごころ、

ちはの眠りに入れよとて

月に泣くらむ夜半の鐘。

우연한 느낌 두 편偶感二首

1904년 5월 20일 새벽 가까운 무렵, 문득 잠에서 깨어 이와테岩手로 가는 봄밤의 바람에 눈물짓는 남은 촛불 아래에서, 너른 세상 잠들었는데 나만이 깨어 붓을 들었다.

나였노라

희미하게 한밤중 감도는 종소리
생명은 깊숙한 환상, ──'나'였노라.
'나'야말로 진정 닿아도 닿기 힘든
흘러가는 환상. 그러니 사람들아 말하라,
시간에서 시간으로 흔적 없는 물거품이라고.

아아 그래, 물거품 한 번 떠오르면
시간이 있고, 시작이 있고, 또한 끝이 있는 법.
순식간에 사라졌구나. ──어디로? 그건 모르지,
흔적 없는 흔적은 흘러서, 사람들은 모르지.

순식간, 그렇지 순식간, 그것은 이미
영구한 사슬이 빛나는 한 번뜩임.
무생無生이여, 그렇지 무생이여, 그것은 또한,
영원한 생이 돌고 흐르며 보여 주지 않는 그림자. ──
어쩌면 사람들아, 너희가 자신들을

我なりき

ほのかに夜半に漂ふ鐘の音の

いのちぞ深きまぼろし、――『我』なりき。

『我』こそげにや觸れても觸れ難き

流るる幻。されば人よ云へ、

時より時に跡なき水漚ぞと。

ああそよ、水漚ひと度うかびては

時あり、始あり、また終あり。

瞬き消えぬ。――いづこに？ そは知らず、

あとなき跡は流れて、人知らず。

瞬時、さなり瞬時、それ既に

永久なる鎖かがやく一閃。

無生よ、さなり無生よ、それやはた、

とはなる生の流轉の不現影。――

或ひは人よ、汝等が自らを

스스로 모멸하며 몰락시키는 육체의 소리.

아아 사람, 그렇다면 생명의 원천인
보이지 않는 '나'를 '그'라고 너는 불러라.
무생의 생에 너희들이 되돌아갈 때,
유생의 생이 가진 둥그런 후광 눈부심에
'그'와 나는 노닐리라, 영혼의 나라에서.

보이지 않는 빛, 움직이지 않는 꿈의 날개,
소리 없는 소리여, 오래고 먼 순간이여,
환영, 그것은, '진정한 나'였노라.
'그'야말로 영혼의 하얀 거품, ——'나'였노라. ——
희미하게 한밤중에 감도는 종소리의
빛을 휘감아 걸치는 환상, ——'나'였노라.

みづから蔑す沈淪の肉の聲。

ああ人、さらばいのちの源泉の

見えざる『我』を『彼』とぞ汝呼べよ。

無生の生に汝等が還る時、

有生の生の圓光まばゆさに

『彼』とぞ我は遊ばむ、霊の國。

見えざる光、動かぬ夢の羽、

音なき音よ、久遠の瞬きよ、

まぼろし、それよ、『まことの我』なりき。

『彼』こそ霊の白漚、――『我』なりき。――

ほのかに夜半にただよふ鐘の音の

光を纏ふまぼろし、――『我』なりき。

뻐꾸기

새벽이 다가오며, 봄밤은 끝나 가고,
촛불 그림자 담담히 흔들리는 내 창문에,
소리 하나, 지금 내가 들었네, 동틀 녘의
사람 부르는 피리인가, 밤의 이별인가, 뻐꾸기.

소리 하나 들었네. 아아 아니, 나는 그저,
(애태우는 가슴속 외침인가, 무거운 한숨이
저 멀리 시름의 동굴에 울려 퍼져 와
저절로 되돌아가는 울림인가, 아아 모르겠구나.)
그저 알지, 생각의 심연 그 밑바닥,
보이지 않는 바닥을 부수고, 무언가가
내 가슴에 갖다 댄 칼날이 있음을 느낄 뿐.

어린 시절에도 푸른 들판에서 이 소리를
들었던 날 있었지. 지금 다시 여기서 듣는구나.
시인의 생각이 영원토록 살아 있는 것처럼,

閑古鳥

暁 迫り、行く春夜はくだち、
<ruby>暁<rt>あかつき</rt></ruby><ruby>迫<rt>せま</rt></ruby>り、行く春夜はくだち、

燭影淡くゆれたるわが窓に、

一聲、今我れききぬ、しののめの
<ruby>一聲<rt>ひとこゑ</rt></ruby>、今我れききぬ、しののめの

呼笛か、夜の別れか、閑古鳥。
<ruby>呼笛<rt>よぶこ</rt></ruby>か、<ruby>夜<rt>よる</rt></ruby>の別れか、閑古鳥。

ひと聲聞きぬ。ああ否、我はただ、

（恨める胸の叫びか、重息の
（<ruby>恨<rt>いた</rt></ruby>める胸の叫びか、<ruby>重息<rt>おもいき</rt></ruby>の

はるかに愁ひの洞にどよみ来て
はるかに愁ひの<ruby>洞<rt>ほら</rt></ruby>にどよみ来て

おのづとかへる響か、ああ知らず。）

ただ知る、深きおもひの淵の底、

見えざる底を破りて、何者か

わが胸つける刃ありと覺ふのみ。
わが胸つける<ruby>刃<rt>は</rt></ruby>ありと覺ふのみ。

をさなき時も青野にこの聲を

ききける日あり。今またここに聞く。

詩人の思ひとこしへ生くる如、

불멸의 생명을 가진 듯하구나, 이 소리도.

영원! 그것은 불멸의 눈 깜박임,

순간! 어쩌면, 찰나 사이의 영원으로.

이 생生, 이 시詩, (찰나 사이의 영원으로,)

혹은 사라지리라, 이 소리가 사라지듯이,

사라져도 여전히 (불멸의 눈 깜박임,)

예컨대 이 세상 종말이 있다손 치더라도,

아아 나는 살리라, 이 소리 살아 있듯이.

흡사하구나, 진실된 이 시와 이 소리가. ──

이는 진정 음력 삼월 휘파람새가 봄을 상찬하고,

세상에 가득한 예술의 성스러운 꽃을 훔치는 사람,

광명의 적, 생명의 도적인 자가

비위 맞추며 달콤히 도취시키는 노래 따위 아니니.

건투, 피로, 고통, 자긍심에

빛이 내리는 마을 그리는 진심 어린

생명의 혈기가 끓어오르는 가슴속 불에

不滅のいのち持つらし、この聲も。

永遠! それよ不滅のしばたたき、

またたき! はたや、暫しのとこしなへ。

この生、この詩、(しばしのとこしなへ、)

或は消えめ、かの聲消えし如、

消えても猶に（不滅のしばたたき、）

たとへばこの世終滅のあるとても、

ああ我生きむ、かの聲生くる如。

似たりな、まことこの詩とかの聲と。——

これげに彌生鶯春を讃め、

世に充つ藝の聖花の盗み人、

光明の敵、いのちの賊の子が

おもねり甘き醉歌の類ならず。

健鬭、つかれ、くるしみ、自矜に

光のふる里しのぶ眞心の

いのちの血汐もえ立つ胸の火に

171

물들게 하는 교만, 부단한 영혼의 양식.

내가 있는 한 내 세상의 빛이 되는

스스로 외치는 생의 시, 생의 소리.

그렇다면, 서글퍼라 세상의 영원으로

언젠가는 하룻밤, 유정한 (있으려나, 아니)

용사의 가슴을 울리는, 뻐꾸기

소리 하나 나에게 보내는 울림소리를,

시름에 잠긴 마음으로 보낼 수 있다면,

내 생, 내 시, 불멸의 상징으로,

조용히 나는, 벗인 이 새처럼,

무한한 생이 나아감에 계속 노래하리.

染めなす驕り、不断の霊の糧。

我ある限りわが世の光なる

みづから叫ぶ生の詩、生の聲。

さればよ、あはれ世界のとこしへに

いつかは一夜、有情の（ありや、否）

勇士が胸にひびきて、寒古鳥

ひと聲我によせたるおとなひを、

思ひに沈む心に送りえば、

わが生、わが詩、不滅のしるしぞと、

静かに我は、友なる鳥の如、

無限の生の進みに歌ひつづけむ。

두견새[19]

젊은 몸 홀로 조용히 기댄 창가의

가랑비, 꿈결 속 나무 그늘의 물방울이구나.

빗방울에 젖어 지금 우는, 옛날 옛적

기나긴 쇠망의 꿈 불러내는 두견새.

오오 내 작은 새, 하루 종일 네가 부르는

애가哀歌에 틀어박힌, 생명의 고귀한 소리. ──

그래, 내 젊은 한탄과 긍지의

마르지 않는 샘, 용맹과 분투의

식량으로 삼는다면, 너의 노래, 나의 외침,

이거야말로, 서로 닮은 '시름'의 형제로구나.

시름의 힘, (생각하니, 내 생명)

황금빛 노래의 사슬로 끊이지 않게 하면,

무너져 버릴 꿈도 시인의 한탄으로

새롭게 살아나노라. 시름은 긍지이려니.

ほととぎす

若き身ひとり静かに凭る窓の

細雨(ほそさめ)、夢の樹影(こかげ)の雫やも。

雫にぬれて今啼く、古(いにし)への

ながきほろびの夢呼(よ)ぶほととぎす。

おお我が小鳥、ひねもす汝(な)が歌ふ

哀歌にこもれ、いのちの高き聲。――

そよ、我がわかき嘆きと矜(たか)ぶりの

つきぬ源、勇みとたたかひの

糧(かて)にしあれば、汝(な)が歌、我が叫び

これよ、相似(うれい)る『愁』の兄弟(はらから)ぞ。

愁ひの力、(おもへば、わがいのち)

黄金の歌の鎖(くさり)とたえせねば、

ほろべる夢も詩人の嘆きには

あらたに生(い)きぬ。愁よ驕(ほこ)りなる。

마카로프 제독 추도의 시[20]

바람아 침묵하라, 어둠 두드리는 그 날개,
한밤중 외침도 거친 해변 검은 바닷물도,
바닷물에 넘치는 휘잉휘잉 귀곡 소리도
잠시만 울부짖음 진정해다오. 만군의
적이든 아군이든 너의 창 땅에 내려 두고,
지금, 거대한 바다 울림에 내가 부르려는
마카로프 이름에 잠시 진정해다오.
그를 침몰시키고, 천고의 파도 광란하는,
초승달도 멀리 뜬 저 건너편 뤼순 항구.

세상 모든 것 소리 죽이고, 극동의 겨울
지는 해의 위세에 사람 없는 대사막의
겁풍 끊어져 버린 부동不動의 사멸처럼,
울음 가라앉히고, 아아 지금 하늘과 땅에
숨어드는 무언의 외침을 들을지라.
들어라, ——패자의 원망인가, 어두운 파도의

マカロフ提督追悼の詩

嵐よ黙(もだ)せ、暗打つその翼、

夜の叫びも荒磯の黒潮も、

潮にみなぎる鬼哭の啾々(しうしう)も

暫し唸(うな)りを鎮めよ。萬軍の

敵も味方も汝が矛地(な ほこ)に伏せて、

今、大水の響に我が呼ばふ

マカロフが名に暫しは鎮まれよ。

彼を沈めて、千古の浪狂ふ、

弦月遠きかなたの旅順口。

ものみな声を潜めて、極冬(ごくたう)の

落日の威に無人の大砂漠

劫風絶ゆる不動の滅の如、

鳴りをしづめて、ああ今あめつちに

こもる無言の叫びを聞けよかし。

きけよ、――敗者(はいしや)の怨みか、暗濤の

세상을 엎을 분노인가, 아아, 아니리, ——
혈기 마시고서 허무하게 패전한 함선과
더불어 침몰한 뤼순의 검은 물거품 속,
그의 세상 마지막 눈동자에서 빛났을
위대한 영혼의 힘 예리한 생의 노래.

아아 위대한 패자여, 그대 이름은
마카로프일지니. 비상한 죽음의 파도 속에
마지막 남은 힘을 떨친 그 사람 이름은
마카로프일지니. 낯선 이국의 외로운 영웅,
그대를 생각하면, 이내 몸은 적국의
동쪽 바다 머나먼 일본의 일개 시인,
적이기는 하지만, 고통스런 목소리 올려
드높이 외치리라, (귀신들도 무릎을 꿇라,
적이든 아군이든 너의 창 땅에 내려 두고,
마카로프 이름에 잠시 진정해다오.)
아아 위대한 패장이여, 군신으로
선택되어 들어갈 러시아의 외로운 영웅,

世をくつがへす憤怒か、ああ、あらず、——

血汐を呑みてむなしく敗艦と

共_{かく}に没れし旅順の黒漚裡_{こくわうり}、

彼が最後の瞳にかがやける

偉霊のちから鋭どき生_{せい}の歌。

ああ偉_{おほ}いなる敗者よ、君が名は

マカロフなりき。非常の死の波に

最後のちからふるへる人の名は

マカロフなりき。胡天の孤英雄。

君を憶へば、身はこれ敵國の

東海遠き日本の一詩人、

敵_{かたき}乍らに、苦しき聲あげて

高く叫ぶよ、(鬼神も跪づけ、_{ひざま}

敵も味方も汝が矛地に伏せて、

マカロフが名に暫しは鎮まれよ。)

ああ偉_{おほ}いなる敗将、軍神の

選びに入れる露西亜の孤英雄、

179

무정한 찬바람은 진정으로 그대의 몸에
진정 무정한 날개 펴고 말았다, 라고.

동아시아 하늘에 만연하는 어둔 구름
어지럽게 시작되어, 황해 파도 거칠어지고,
남은 함대 슬프게 뤼순 앞 차가운 바닷물
모습 적적해 뵈는 고국 땅이 처한 운명에,
그대는 일어섰지, 신의 이름을 부르면서, ——
무너진 어둠 속 절규를 돌아보는 모습,
우리와 우리 위세에 빛을 비추는 낙조가
구름길 갈 때 잠시 기운 북돋우는 듯하네.

진정 장엄하구나, 고국이 처한 운명을
짊어지고 용기 낸 낯선 이국땅 그대 기개.
그대는 일어섰지, 뤼순에 부는 광풍 속에서
돛대 머리 드높이 해를 쏘는 제독의 깃발. ——
그 깃발, 슬프구나, 파도 틈에 휘말려 들어,
보는 사이에 금세 그대 고국의 운명과,

無情の風はまことに君が身に
まこと無情の翼をひろげき、と。

東亜の空にはびこる暗雲の
乱れそめては、黄海波荒く、
残艦哀れ旅順の水寒き
影もさびしき故國の運命に、
君は起ちにき、み神の名を呼びて——
亡びの暗の叫びの見かへりや、
我と我が威に輝やく落日の
雲路しばしの勇みを負ふ如く。

壮なるかなや、故国の運命を
担うて勇む胡天の君が意気。
君は立てたり、旅順の狂風に
檣頭高く日を射す提督旗。——
その旗、かなし、波間に捲きこまれ、
見る見る君が故国の運命と、

세계를 쓰다듬을 힘까지도 바다 밑으로
가라앉을 줄이야, 아아 신만이, 사람은 몰랐지.

사월 열흘하고도 삼일, 해는 비치지 않고,
하늘은 흐렸으며, 어지러운 구름 무섭게
제 하늘로 돌아간 변두리 땅 아침의 바다,
(바다도 미치거라, 귀신도 울며 소리쳐라,
적이든 아군이든 너의 창끝 땅에 내리고
마카로프 이름에 잠시 무릎을 꿇어다오.)
온갖 수뢰 파도에 춤을 추다, 커다란 축軸
무너지며 울리는 찰나에, 이름도 유명한
황해 바다의 제왕, 세계적인 대함선조차
무너져 쓰러지는 천지의 검은 물거품 속,
혈기 뒤집어쓰고, 팔짱을 낀 상태로,
무한한 그대 분노, 성난 파도의 함성까지
소용돌이치는 물에 눈동자를 고정시키며,
대제독은 고요히 가라앉았노라.

世界を撫づるちからも海底に

沈むものとは、ああ神、人知らず。

四月十有三日、日は照らず、

空はくもりて、乱雲すさまじく

故天にかへる邊土の朝の海、

（海も狂へや、鬼神も泣き叫べ、

敵も味方も汝が鋒地に伏せて、

マカロフが名に暫しは跪づけ。）

萬雷波に躍りて、大軸を

砕くとひびく刹那に、名にしおふ

黄海の王者、世界の大艦も

くづれ傾むく天地の黒漚裡、

血汐を浴びて、腕をば拱きて、

無限の憤怒、怒濤のかちどきの

渦巻く海に瞳を凝らしつつ、

大提督は静かに沈みけり。

아아 운명을 품은 망망대해, 언제까지고
분노가 고개를 쳐드는 죽음의 파도여,
어느 날 뤼순 바다 몰아치며, 천추의
원망 남기게 될 비밀의 검은 바닷물아,
아아 너는, 이렇게 세상 억겁에 이르도록,
생과 희망 그리고 힘까지 삼켜 가 버리고
알 수 없는 어두운 세계에 틀어박힌 채,
어떻게, 대체 어떤 증좌를 가지고 '영원한
생의 광명'이라며 진리를 보이려 하느냐.
너의 박해로 인해 힘없이 가라앉아 버린
이 세상의 이 삶이, 진정으로 너의 눈에
비치는 모습처럼 값어치 없는 것이더냐.

아아 끝나 버렸지. 역사를 적는 글자는 모두
이미 천고의 세월 흐를 눈물에 젖어 버렸지.
젖어 버리고 말고, 이제 다시, 마카로프의
그 위대한 이름도 내 눈의 뜨거운 눈물에. ──
그는 가라앉았지, 끝도 없는 바다 밑바닥.

ああ運命の大海、とこしへの

憤怒の頭擣ぐる死の波よ、

ひと日、旅順にすさみて、千秋の

うらみ遺せる秘密の黒潮よ、

ああ汝、かくてこの世の九億劫、

生と希望と意力を呑み去りて

幽暗不知の界に閉ぢこめて、

如何に、如何なる証を『永遠の

生の光』に 理 示すぞや。

汝が迫害にもろくも沈み行く

この世この生、まことに汝が目に

映るが如く値のなきものか。

ああ休んぬかな。歴史の文字は皆

すでに千古の涙にうるほひぬ。

うるほひけりな、今また、マカロフが

おほいなる名も我身の熱涙に。――

彼は沈みぬ、無間の海の底。

위대한 영혼의 힘 깃들어 있는 그 품에
영겁에도 끊이지 않을 비통한 상처 얻어,
그 무거운 상처로 전 세계를 울리면서.

나는 또 미혹되지, 지상에서의 영원한 소멸은,
힘을 섬기는 인간을 동정하는 눈물,
섬기기 위한 능력에 허락되지 않는 영생의
유전流轉을 보여 주는 고귀한 번뜩임인가.
아아 만약 그러면, 나의 벗 마카로프여,
시인이 흘린 눈물 이 뜨거움으로, 그대 이름
외침에 담긴 그 힘으로, 나 바라건대
그대 이름, 나의 시, 불멸에 대한 믿음으로
위로 받으며, 나는 이 세상과 싸워 보리라.

음력 유월 어두운 한밤 창문에 기대어서,
촛불에 등을 지고, 조용히 그대의 이름을
떠올리면, 나는야, 소리 없는 광란의 파도 속,
친애하는 그대가 회오리치는 죽음의 물살을

偉霊のちからこもれる其胸に
永劫たえぬ悲痛の傷<ruby>傷<rt>きず</rt></ruby>うけて、
その<ruby>重傷<rt>おもきず</rt></ruby>に世界を泣かしめて。

我はた惑ふ、地上の永滅は、

力を仰ぐ有情の涙にぞ、

仰ぐちからに不断の永生の

流轉現ずる尊ときひらめきか。

ああよしさらば、我が友マカロフよ、

詩人の涙あつきに、君が名の

叫びにこもる力に、願くは

君が名、我が詩、不滅の<ruby>信<rt>まこと</rt></ruby>とも

なぐさみて、我この世にたたかはむ。

<ruby>水無月<rt>みなづき</rt></ruby>くらき夜半の窓に凭り、

燭にそむきて、静かに君が名を

思へば、我や、音なき狂瀾裡、

したしく君が渦巻く死の波を

제지하는 마지막 모습을 보기라도 하듯,

고개를 수그리고, 뜨거운 눈물 참지 못해.

그대는 가 버렸지. 가 버렸어도 아직 남은

그 위대하기만 한 마음은 영원하도록

위대한 영혼 받든 마음속에 끊이지 않으리.

아아, 한밤의 폭풍, 거친 해변 검은 바닷물도,

적이든 아군이든 그 이마 땅바닥에 대고

불꽃 같은 목소리 끌어올려 나는 부르리

마카로프 이름에 잠시 진정해다오.

그를 침몰시키고, 천고의 파도 광란하며,

초승달도 멀리 뜬 저 건너편의 뤼순 항구.

制す最後の姿を観るが如、

頭《かうべ》は垂《た》れて、熱涙せきあへず。

君はや逝きぬ。逝《ゆ》きても猶逝かぬ

その偉いなる心はとこしへに

偉霊を仰ぐ心に絶えざらむ。

ああ、夜の嵐、荒磯のくろ潮も、

敵も味方もその額地《ぬか》に伏せて

火焔《ほのほ》の聲をあげてぞ我が呼ばふ

マカロフが名に暫しは鎮まれよ。

彼を沈めて千古の浪狂ふ

弦月遠きかなたの旅順口。

황금 꽃병의 노래

새벽녘 서광을 둘러 입은 푸른 구름의,

영원불변토록 잠도 어둠도 없는,

환상의 모습, 선율, 방황하는 성스런 하늘,

새롭게 발산하는 생명의 밝은 기운으로

나는 태어났노라. 커다란 태양의 작열에

미美의 정수 감도는 황금의 꽃병을

푸른색 물들인 비단 소맷자락에 안은 채로.

얇은 비단 뒤집어, 조용히 백룡 새겨진

돌계단을 밟으면, 별들은 모두 모여서,

치맛자락을 누비는 초록빛 에메랄드.

걸어서 움직이면, 작은 빗 모양을 한 초승달,

은빛으로 부예진 투구 앞의 별과 같구나.

내려다보는 저편, 희미하게 찬송하는

밤의 소리가 꿈속 아래 세계를 울리게 했지.

金甌の歌

あけぼの光纏へる青雲の、

ときはかき　　はに眠と暗となき、

幻、律べ、さまよふ聖宇の中、

新たに匂ふいのちのほのぼのと

我は生れき。大日の灼やきに

玉髓湛ふ黄金の花瓶を

青摺綾のたもとに抱きつつ。

羅　かへし、しづかに白龍の

石 階踏めば、星皆あつまりて、

裳裾を縫へる緑のエメラルド。

歩み動けば、小櫛の弦の月、

白銀うるむ兜の前の星。

瞰下すかなた、仄かに讃頌の

夜の聲夢の下界をどよもしぬ。

한낮에 뜬 햇살이 두르고 있는 정원의 여름,
향기 나는 레몬 나무 그늘에서 쉬노라면,
갈등하며 싸우는 시장판 같은 속세 초월해,
멀리 내다 보이는 저편, 푸른 파도가 우는 바다
자연의 음악 소리 울리는 오르내림에
더불어 흐르는 빛, 그것은 내 황금 꽃병의
넘쳐 나는 향기가 감도는 그림자였더라.

푸른 울타리 두른, 하늘 찌를 듯한 큰 산의
정상에 우뚝 솟은 바위 위에 서 있노라니,
세상은 밤이라도, 빛의 구석진 곳 없고
운율 없는 곡조가 아침에 치는 종처럼,
가슴속에서 일어나 천 리의 하늘을 달리고,
산, 강, 고향 마을도, 뱃길까지도 깡그리 다
빛이 던진 그림자에 모두 감싸이게 되노라.

들판의 강물 넘쳐 강기슭 데이지 꽃
작은 잎 흙탕물에 괴로워하는 모습 보고,

白晝の日射めぐれる苑の夏、

かほる檸檬の樹蔭に休らへば、

鬩ぎたたかふ浮世の市超えて、

見わたすかなた、青波鳴る海の

自然の樂のひびきの起伏に

流るゝ光、それ我が金甌の

みなぎる匂ひ漂ふ影なりき。

青垣遶り、天突く大山の

いただきそそる巖に佇めば、

世は夜ながら、光の隈もなく、

無韻のしらべ、朝の鐘の如、

胸に起りて千里の空を走せ、

山、河、郷も、舟路もおしなべて

投げたる影にみながら包まれぬ。

野川氾濫れて岸邊の雛菊の

小花泥水になやめる姿見て、

너무도 가슴 아픈 운명임에 나는 울었도다,

물에 비쳐 보이는 작은 꽃 예쁜 모습에,

환영의 정수 깊이 머금은 황금 꽃병

밑바닥에 빛나는 생생한 불의 글자로 된,

생명의 주인이 흘린 눈물이 깃들어 있노라.

상상의 날갯짓은 쉴 새 없이, 베틀 북처럼,

동경, 한탄, 용기를 씨실 날실로 삼아,

보이는, 보이지 않는 생명의 베를 짜노라니,

하늘과 땅 감싸며 퍼져가는 비단 속에,

나의 황금 꽃병 표면에, 영광스러운

일곱 광채 얼어붙은 불로不老의 하늘 음악,

살포시 떠올라서 감도는 모습을 보았지.

바다에는 난파선, 산에는 악마의 외침,

뭍에는 죄가 깃든 곳에 재난과 액화가

교차하며 일어나는 한밤중 폭풍 부는 창문,

전율이 다가오는 눈동자를 감노라면,

あまりに痛き運命を我泣くや、

水にうつれる小花のおもかげに、

幻ふかく湛ふる金甌の

底にかがやく生火の文字にして、

いのちの主の涙ぞ宿れりき。

想いの翼ひまなく、梭の如、

あこがれ、嘆き、勇みの経緯に、

見ゆる、見えざるいのちの機織れば、

天地つつみひろごる帕の中、

わが金甌のおもてに、栄光の

七 燭いてる不老の天の樂、

ほのかに浮びただよふ影を見ぬ。

海には破船、山には魔の叫び、

陸なる罪の館に災禍の

交 々起る嵐の夜半の窓、

戦慄せまるまなこを閉ぢぬれば、

어여쁜 모습이여, 가슴속 황금 꽃병

표면은 매끄럽게 빛의 향기로 가득 차고,

끊이지 않는 하늘의 양식糧食을 채우고 있지.

아아 남들은 알까, 내가 품은 황금 꽃병이

(그래 내 생명) 고귀한 신의 그림자요,

살아 있는 말이요, 살아 있는 하늘의 음악이요,

생명의 빛일지니, 숨어 있는 '나'였음을.

끝도 없고 한도 없는 이 하늘과 땅이 가진

힘을 진정 힘으로 만드는 '그'여, 진정으로

내 황금 꽃병의 살아 있는 불꽃 고갱이의 물.

그렇다면 나 가는 길에서는, 모든 사람의

다툼, 시름, 기쁨, 분노, 모두

자기가 지키려는 마음속 번뜩임에

녹아들어 유일한 참 생명으로 돌아가는 게다.

아아 나의 세상, 그러니까, 타인의, 또한

신의 사랑과 권능이 닿는 세상에서,

あでなるさまや、胸なる金甌の

おもてまろらに光の香はみちて、

たえざる天の糧をば湛へたる。

ああ人知るや、わが抱く金甌ぞ、

（そよわがいのち）尊とき神の影、

生きたる道、生きたる天の樂、

いのちの光、ひめたる『我』なりき。

涯なく限りなきこの天地の

力を力とぞする『彼』よ、げに

我が金甌の生火の髓の水。

されば我がゆく路には、ものみなの

戦ひ、愁ひ、よろこび、怒り、皆

我と守れる心の閃めきに

融けて唯一の生命にかへるなる。

ああ我が世界、すなはち、人の、また

み神の愛と力の世界にて、

잠과 부富의 욕망은 들어갈 바가 아니더라.

천지께서 다스리시는 근원, 창조의
성스러운 하늘 빛에서 태어난 나이니,
내 목소리, 눈물, 자연스럽게 고향 마을의
부족한 바 없는 생명과 사랑의 소리에,
보려마, 하늘에 있는 진실된 우물 속 물인 양,
옥의 정수 넘치며 마르지 않는 황금 꽃병에서
물방울 흘러나와 굳어지는 시가詩歌의 구슬.

眠と富の入るべき國ならず。

天地知ろす源、創造の

聖宇の光に生れし我なれば、

わが聲、涙、おのづと古郷の

飲くる事なきいのちと愛の音に、

見よや、天なる眞名井の水の如、

玉髓あふれつきせぬ金甌の

雫流れて凝りなす詩の珠。

아카시아 그늘

황혼녘 담담한 표랑의 기색 부드럽고,
차분히 거둬진 빛 한동안 아쉬움 남은
투명한 형체 비추는 푸르고 후미진 물 위,
나는 그저 홀로 하루를 표류하는
작은 배를 대고서, 아카시아 여름 향 풍기는
나무 그늘에 노를 멈추고 휴식을 취했네.

흘러 흘러 그 끝도 알지 못할 큰 강물이
잠시 동안 머무는 비취색 강 꿈결의 못!
보이지 않는 영혼의 바다 들판 꽃 기슭의
고향을 찾노라며, 생명의 큰 강물에
하루 종일 떠서 표류하며 꿈꾸는 나!
꿈이어야 잠시 깃들 수 있는 이 물가에서
아아 꿈 못 이루는 향기로운 아카시아여.

들판 끝에 비치는 흐린 달빛은 고요한

アカシヤの蔭

たそがれ淡き揺曳（さまよひ）やはらかに、

収（をさ）まる光暫しの名残なる

透影（すいかげ）投げし碧（みどり）の淵の上、

わただひとり一日（ひとひ）を漂へる

小舟を寄せて、アカシヤ夏の香の

木蔭（こかげ）に櫂（かひ）をとどめて休らひぬ。

流れて涯（はて）も知らざる大川の

暫しと淀む翠江夢（みどりえ）の淵！

見えざる霊の海原花岸の

ふる郷（さと）とめて、生命（いのち）の大川に

ひねもす浮びただよふ夢の我！

夢こそ暫し宿れるこの岸に

ああ夢ならぬ香りのアカシヤや。

野末（のずへ）に匂ふ薄月（うすづき）しづかなる

빛을 머금어 띠고, 미풍이 불어올 때마다,

꽃송이를 흔들며, 새하얀 파도를 일게 하면,

넘쳐 나는 향기의 그 달콤함에 꿀벌들

무리 짓는 날갯소리 저물어 가는 들판 하늘에

아직 떠나기 아쉽단 중얼거림, 저녁의 노래.

배 묶는 밧줄 매고 몰아沒我의 발걸음으로,

나는 올라갔노라, 아카시아 피는 기슭에. ──

봄밤에 핀 벚꽃 어스름 달 뜬 창가

아가씨가 노래에 이끌려서 그리는 듯.

아아 세상 사랑이여, 정말로 물 고인 곳 위

아카시아 달콤한 향기와 닮지 않았는가.

생명의 강물 꿈결 푸른 못가에

꿈 이루지 못한 향기 물방울을 따르면서,

환영처럼 지나는 생명의 배를 대고서,

흘러가는 마음에 빛의 사슬을 엮어 내듯

향기 그치지 않는 추억을 묶어 두노라.

光を帯びて、微風吹く毎に、

英房ゆらぎ、眞白の波湧けば、

みなぎる薫りあまきに蜜の峰

群るる羽音は暮れゆく野の空に

猶去りがての呟やき、夕の曲。

纜　結ひて忘我の歩みもて、

我は上りぬ、アカシヤ咲く岸に。——

春の夜櫻おぼろの月の窓

少女が歌にひかれて忍ふ如。

ああ世の戀よ、まことに淀の上の

アカシヤ甘き匂ひに似たらずや。

いのちの川の夢なる青淵に

夢ならぬ香の雫をそそぎつつ、

幻過ぐるいのちの舟よせて、

流るる心に光の鎖なす

にほひのつきぬ思出結ぶなる。

고여 있는 물이여, 소리 없는 물결 위에

몰약[21]을 뿌리는 듯 떨어지는 아카시아

그 향기, 끝도 없이 흘러가는 너의 여행에서

사라질 날 있을 줄 그 누가 알 수 있으리.

아아 내 사랑이여, 가슴속 깊은 곳에서,

그대가 던지는 빛과 향기가

(설령, 내가 탄 배가 바위에 뒤집히거나,

혹은 어둠 속 폭풍에 길 헤맨다 할지라도,)

사라질 날 있다고 그 누가 말할 수 있으리.

또한 이 강기슭에 흘러넘치는 평화의

보이지 않는 빛, 끊임없는 바람의 음악,

빛과 음악에 헤매는 환영의

그거다, 내 여행이 끝나게 될 고향 마을의

황금빛 기슭에서의 영원할 영광과는

다른 것일 줄이야, 그 누가 추측할 수 있으리.

아아 그대 물이여, 우리는 고향 마을이

淀める水よ、音なき波の上に

没薬撒くとしたたるアカシヤの

その香、はてなく流るる汝が旅に

消ゆる日ありと誰かは知りうるぞ。

ああ我が戀よ、心の奥ふかく、

汝が投げたる光と香りとの

（たとへ、わが舟巖に覆へり、

或は暗の嵐に迷ふとも、）

沈む日ありと誰かは云ひうるぞ。

はた此の岸に溢るる平和の

見えざる光、不断の風の樂、

光と樂にさまよふ幻の

それよ、我が旅はてなむ古郷の

黄金の岸のとはなる榮光と

異なるものと、誰かははかりえむ。

ああ汝水よ、われらはふるさとの

어느 곳인 줄조차 모르고 하는 여행이기에,
아카시아 향기에 남쪽 나라를 떠올리며,
사랑의 꿈으로 영원한 세상을 아는 것조차,
그것이 죄일 줄 누가 판가름할 수 있으리.

아아 지금, 달빛 고요히 세상 모든 것을
널찍하게 안고서, 다시 내 마음까지
빛에 다 녹여버려 끝을 보고, 나는 이미
보이지 않는 나라의 궁전에서, 아카시아로
피어난 듯 온화해진 사랑의 기슭,
때 묻지 않은 꽃이 피워 내는 환영 속에
신과 같은 모습이 고귀해 보이는 생시로다.

물도 흐르지 않네. 아카시아 향기도 더하네.
정작 나의 기나긴 생명의 큰 강물에
나도 깃들련다, 잠시 동안의 꿈의 기슭. ——
잠시 동안의 꿈속 눈 깜박임, 그것은 진정,
영원한 맥박이 후퇴 없이 나아가 뛰는

何処なりしを知らざる旅なれば、

アカシヤの香に南の國おもひ、

戀の夢にし永遠《とは》なる世を知るも、

そは罪なりと誰かはさばきえむ。

ああ今、月は静かに萬有《ものみな》を

ひろごり包み、また我心をも

光に融《と》かしつくして、我すでに

見えざる國の宮居にアカシヤと

咲きぬるかともやはらぐ愛の岸、

無垢《むく》なる花の匂ひの幻に

神かの姿けだかき現《うつつ》かな。

水も淀みぬ。アカシヤ香も増しぬ。

いざ我が長きいのちの大川に

我も宿らむ、暫しの夢の岸。——

暫しの夢のまたたき、それよげに、

とはなる脈《みやく》のひるまぬ進み搏《う》つ

진실된 영혼 머무는 곳이라는 증좌일지니.

まことの霊の住家（すみか）の證（あかし）なれ。

외딴 집

더러워진 속세의 거친 바람에 나 분노하여,
외딴 집, 거친 바닷가의 침묵으로 빠져 들어갔네.
휘말려 갔다, 휘말려 오는 천고의 파도는 부서지고,
부서져 서글픈 자연의 음악인 바다에,
이내 몸은 고독한 자, 이내 마음은 떠돌기만 하며,
고요히 생각에 잠겼노라, ──물가 닿지 못한 나날들,
정처 없이 생명 구하는 뱃길에, 어느 곳으로
내 영혼의 배 한 척 노 저어 향해야 하는가, 하고.

저녁 파도 울적하게, 바닥 없는 가슴속 고동,
그 음색, 소리 모두 불후의 조화로움으로,
휘말렸다가 부서지는 해 지는 이 짧은 순간──
가라앉는 해 나를, 나 또한 가라앉는 해를
응시하며 외치노라, 시작도 없는 어둠, 아니면
끝도 없는 빛이여, 모든 혼돈을 묻어 버려라, 라고.

ひとつ家

にごれる浮世の嵐に我怒りて、
孤家、荒磯のしじまにのがれ入りぬ。

捲き去り、捲きくる千古の浪は砕け、
くだけて悲しき自然の樂の海に、
身はこれ寂寥児、心はただよひつつ、

静かに思ひぬ、——岸なき過ぎ来し方、
あてなき生命の舟路に、何処へとか
わが魂孤舟の楫をば向けて行く、と。

夕浪懶く、底なき胸のとよみ、
その色、音皆不朽の調和もて、

捲きては砕くる入日のこの束の間——

沈む日我をば、我また沈む日をば
凝視めて叫ぶよ、無始なる暗、さらずば
無終の光よ、渾てを葬むれとぞ。

벽 드리운 그림자

밤바람에 젖어서, 가는 봄 흐릿한
동틀 녘 촛불의 미약한 빛 흔들리며,
아아 지금, 희미하게, 환영 깊이
기복을 알 수 없는 그림자가 벽에.

시가詩歌의 시름에 이내 몸은 야위고,
다 지난 밤, 낮은 읊조림, 흥이 깬 창가에.
이게 뭐야, 떨어지며 벽에 드리운 그림자, ──
조용하게, 조용하게, 휘감겼다 펴지는구나.

이를테면, 거대한 바다 푸른 파도가 울리며
끝도 없는 물가로 표류하는 그것인가.
아니면, 끝나지 않을 역사 위에
솟아올랐다, 다시 가라앉는 유전하는 흔적인가.

돌고 도는 그림자 안으로 사유는 침잠하네. ──

壁なる影

夜風にうるほひ、行春淡き
<ruby>ゆくはる<rp>(</rp><rt></rt><rp>)</rp></ruby>
有明燭の火影ぞ揺れて、

ああ今、ほのかに、幻ふかく
起伏さだめぬ影こそ壁に。

詩歌の愁ひに我が身は痩せて、

くだつ夜、低唱、無興の窓に。

こは何、落ちくる壁なる影よ、──

静かに、静かに、捲きてはひらく。

たとへば、大海青波鳴りて

涯なき涯にとただよふそれか。

或は、無終の歴史の上に

湧き、また沈める流轉の跡か。

めぐれる影にと思は耽る。──

아아 지금, 내가 듣는, 소리 없는 파도에
먼 바다 울부짖는 음향은 깃들어라, ——
사유의 푸른 소용돌이, 빨리, 또 천천히.

빨리, 또 천천히 그림자가 흔들리면,
떠오르는 빛에 마음은 표류하네. ——
이 그림자, 환영, 아아 듣기 어려운
하늘 바다 '비밀' 그것이 찾아왔는가.

생각이 높아지면, 그림자 또한 깊고,
보이지 않던 글은 벽에 드러나누나. ——
몇 밤이나 되는 나의 벗, 그래 나의 생명,
비밀 속 헤엄치는 내 그림자였노라.

들불 흐려졌구나. 흐려져라. 어둠도
마음의 벽에 드리운 내 그림자 못 지우리.
아아 나 네게 사죄하노니, 나의 밤이 새면,
이 그림자, 진정한 빛으로 살아나리라.

ああ今、我聞く、音なき波に
遠灘（とほなだ）どよもす響ぞこもれ、
思の青渦（あをうづ）、とく、またゆるく。

とく、またゆるかに影こそ揺（ゆ）れば、

うかべる光に心は漂ふ。──

この影、幻、ああ聞きがたき

天海（あまうみ）『秘密』のそのおとづれか。

思は高めば、影また深く、

見えざる文（ふみ）こそ壁には照れる。──

幾夜の我が友、そよわがいのち、

秘密に泳（をよ）げる我が影なりき。

燈火（ともしび）うするる。薄（うす）れよ。暗も

心の壁なる我が影消（け）さじ。

ああ我汝に謝（な）す（しゃ）、我が夜は明けば、

この影、まことの光に生きむ。

갈매기

해초 향기에 물든, 한낮의 모래 베개
새하얀 갈매기들, 여유 있게, 물마루를
빛나는 날개로 가르면서, 부수고 가며
물가 거품 속에서 먹잇감을 찾아서는.
내 다리 근처에서 날개를 쉬게 하누나.

두 팔을 뻗어, 드높이 소리치지만,
새는 놀라지 않고, 날아가지도 않으며,
젖은 모래를 밟았다가, 물러나고, 또
밀려오는 파도를 맞이하며, 기뻐했노라.

동그랗게 떠져서, 푸른 바다가
화려하게 빛나는 작은 눈동자는,
진주의 화려한 빛 모아둔 성스러운 단지.
끝도 없는 바다를 집 삼고, 노래 삼아서,
자기 날개를 힘이라 여겨 놀기 때문인가,

鴎

藻の香に染みし、白晝の砂枕、
<ruby>まひる<rt></rt></ruby><ruby>すなまくら<rt></rt></ruby>

ましろき鴎、ゆたかに、波の穂を

光の羽にわけつつ、碎け去る
<ruby>はね<rt></rt></ruby>

汀の漚にえものをあさりては、
<ruby>あわ<rt></rt></ruby>

わが足近く翼を休らへぬ。

諸手をのべて、高らに吟ずれど、
<ruby>もろて<rt></rt></ruby><ruby>ぎん<rt></rt></ruby>

鳥驚かず、とび去らず、

ぬれたる砂にあゆみて、退き、また
<ruby>しぞ<rt></rt></ruby>

寄せくる波をむかへて、よろこびぬ。

つぶらにあきて、青海の

匂ひかがやく小瞳は、

眞珠の光あつめし聖の壺。
<ruby>つぼ<rt></rt></ruby>

はてなき海を家とし、歌として、

おのが翼を力と遊べばか、

네가 가려는 그곳, 눈동자가 쏘는 그곳,
고독한 의심, 공포, 업신여김, 모멸의
야비한 그림자는 숨어서, 창백하구나.

아아 방황의 소요여, 규칙의 그물 속
감싸인 채로 서서 주위를 되돌아보는
허무한 그 사슬이 풀어진 방황의 소요여,
그것은 실로 우리 자연의 총아들이
높이 가는 저 하늘 세상과 닮은 길이구나.
와서 들을지어다, 지금 이 새의 노래. ──
방황하는 거라면, 자유로운 사랑의 꿈,
새벽 세계 여는 하얀 해초 향에 깃들어,
기복 끊이지 않는 오백 겹 파도 소리에
빛과 어둠은 같이 솟아올라, 영원불멸의
용맹한 노래는, 꺾이지 않는 삶의 음악.

아아 나의 벗이여, 바라건대, 잠시만이라도,
지치는 날 없이 빛나는 흰 깃털을

汝が行くところ、瞳の射る所、

狐疑、怖れ、さげしみ、あなどりの

さもしき陰影は隠れて、空蒼し。

ああ逍遥よ、おきての網の中

立ちつつまれてあたりをかへり見る

むなしき鎖解きたる逍遥よ、

それただ我ら自然の寵児らが

高行く天の世に似る路なれや。

来ても聞けかし、今この鳥の歌。――

さまよひなれば、自由なる戀の夢、

あけぼの開く白藻の香に宿り、

起伏つきぬ五百重の浪の音に

光と暗はい湧きて、とこしへの

勇みの歌は、ひるまぬ生の樂。

ああ我が友よ、願ふは、暫しだに、

つかるる日なき光の白羽をぞ

날개 없는 사람 가슴에 불타게 하지 않으려나.

네가 있는 그곳은, 평화, 환희의

부드러운 바람 오가고, 황금의 태양 빛나는데,

사람들 사는 나라 더러운 바람 오래 불고,

자유의 꽃은 백 년 동안 땅에서 시들어

불후의 자연 시의 자연은 망가져 버렸구나.

翼なき子の胸にもゆるさずや。

汝があるところ、平和、よろこびの

軟風かよひ、黄金の日は照れど、

人の世の國けがれの風長く、

自由の花は百年地に委して

不朽と詩との自然はほろびたり。

빛의 문

밤새도록 견딜 수 없는 고민에 기분은 처졌고,

검은 뱀은 잠들었으며, 팔백 천 마리 올빼미

어둠 속 소리 맞추는 미망의 숲속,

발걸음에 이끌려 썩은 잎의 신음을

죄에라도 이끄는가 싶은 황천길의 비웃음이라

마음을 다그치면서, 정처 없이 걷다 도달해,

무엇인가, 울리는 소리 새롭게

가슴으로 들어옴에, 깜짝 놀라 지켜보니,

이제 막 일어섰지, 빛의 문 앞에, 내가.

아아 나의 긴 몸부림의 밤은 물러가고,

향기도 새로운 아침의 바람 가득 차올라,

불어 가는 곳, 내 눈에 들어오는 곳,

자유와 사랑에 모든 어둠은 사라지고,

서글픈 새의 외침 소리도, 숲 그림자도,

뒤쪽 저 멀리로 골짜기 사이로 숨어 사라져,

光の門

よすがら堪へぬなやみに気は沮み、
黒蛇ねむり、八百千の梟の
暗聲あはす迷ひの森の中、
あゆみにつるる朽葉の唸きをも
罪にか誘ふ陰府のあざけりと
心責めつつ、あてなくたどり来て、
何かも、どよむ響のあたらしく
胸にし入るに、驚き見まもれば、
今こそ立ちぬ、光の門に、我れ。

ああ我が長き悶の夜は退き、
香もあたらしき潮風吹きみちて、
吹き行く所、我が目に入るところ、
自由と愛にすべての暗は消え、
かなしき鳥の叫びも、森影も、
うしろに遙か谷間にかくれ去り、

일어서는 것은 자연의 요람, 은으로 된

모래를 펼쳐 깐 아침 바닷가 위.

영원한 용맹 흘러넘치는 저 대양의

장대히 펼쳐진 품은, 끝없이, 보라색

빛을 싣고, 동쪽으로, 새벽녘 높은

흰 깃발 오르는 구름 근처를 울리게 했구나.

아아 그 빛, ——푸른 소용돌이 바닥도 없는

바다 밑을 지키는 은밀한 나라에서인가.

혹은 밤과 어둠과 꿈이 없는 저 하늘의

붉은 구슬 빛 퍼지는 옥 계단 미끄러져 온

천화天華의 산사태. 혹은 내 가슴의

살아 있는 불꽃 피어나는 번뜩임인가. ——

푸른 하늘 저 끝, 뱃길과 하늘의 문

서로 떨어지는 곳, 태양은 장엄하게

새로운 세상의 희망으로 태어나서,

바다와 육지가 영원히 끌어안는 곳,

모든 것이 황폐해지는 검은 그림자 밤과 더불어

立つは自然の揺床（ゆりかご）、しろがねの

砂布（し）きのべし朝（あした）の磯の上。

不朽の勇み漲る太洋（おほわだ）の

張りたる胸は、はてなく、紫の

光をのせて、東に、曙（あけ）高き

白旗（しらはた）のぼる雲際（くもぎは）とよもしぬ。

ああその光、――青渦（あをうづ）底もなき

海底（うたぞこ）守る秘密の國よりか。

はた夜と暗と夢なき大空の

紅玉匂ふ玉階（たまはし）すべり来し

天華（てんげ）のなだれ。或は我が胸の

生火（いくひ）の焰もえ立つひらめきか。――

蒼空かぎり、海路（うなぢ）と天（あめ）の門（と）の

落ち合ふ所、日輪おごそかに

あたらしき世の希望に生れ出で、

海と陸（くが）とのとこしへ抱く所、

ものみな荒（すさ）む黒影夜と共に

다 묻어 버린, 긴 밤의 빈 동굴에서,
나의 길을 비추는 태양이기라도 하듯, 내 혼이
이제 막 높은 외침에 깨어났도다.

이제 동트기 시작한 서광 거꾸로 들어가서
동쪽 궁전 속으로 숨어드는 예 없이,
한 번 깨어난 마음의 첫 햇빛,
이 세상의 궁극, 잠들 시간은 없도다.
아아 들도 산도 멀리 울리는 해원도
백이고 천이고 종을 모아서, 새로이
빛의 문 앞에, 움츠리지 않고 진군하는
환호의 박자에 맞춘 함성을 만들었구나.

기쁨에 춤을 추며 내가 낸 발소리에
놀라 일어나더니, 높은 곳에서 바다참새
부르는구나 아침을 맞이하는 사랑의 노래.
그 노래, 파도에, 모래에, 향기로운 해초에
살아가는 삶의 빛나는 목소리 뿌리면

葬り了へて、長夜の虚洞より、

わが路照らす日ぞとも、わが魂は

今こそ高き叫びに醒めにたれ。

明け立ちそめし曙光の逆もどり

東の宮にかへれる例なく、

一度醒めし心の初日影、

この世の極み、眠らむ時はなし。

ああ野も山も遠鳴る海原も

百千の鐘をあつめて、新らしき

光の門に、ひるまぬ進軍の

歓呼の調の闓をば作れかし。

よろこび躍り我が踏む足音に

驚き立ちて、高きに磯雲雀

うたふや朝の迎への愛の曲。

その曲、浪に、砂に、香藻に

い渡る生の光の聲撒けば

내 영혼 일찌감치, 흰 깃털 새처럼,

방황하는 음악의 여덟 겹 울타리 아름다운

서광 비치는 하늘에 녹아들어가, 날개를 펼치고,

이름 드높은 용맹한 자가 활시위를 울리게 하며

쏘아 날린 화살도 닿지 않을 푸른 하늘에서,

파란 바다, 항간, 높은 산, 깊은 숲

구분도 없이, 모두 나의 사랑스러운 사람이

깨어나는 아침의 모습 들여다보노라.

わが魂はやく、白羽の鳥の如、

さまよふ樂の八重垣うつくしき

曙光の空に融け行き、翅をのべて、

名だたる猛者が弓弦鳴りひびき

射出す征矢もとどかぬ蒼穹ゆ、

青海、巷、高山、深森の

わかちもあらず、皆わがいとし児の

覚めたる朝の姿と臨むかな。

외로움

조각달의 쓸쓸한 노란 빛

깨진 창문에 새어드니, 늙은 비구니 가사 같아,

조용하고 가늘게 떨리며, 읽다가 만

책 위로, 혹은 말없이 앉은 무릎 위로 떨어지누나.

초가지붕 처마를 두르는 것은 천 가닥 만 가닥

탄식의 실이 씨줄 날줄로 엮어 짜이고

곡조도 시끄러운 풀숲 사이 벌레의 노래.

밤의 종소리 멀고, 등불도 차마 꺼지지 못해,

　　아아 아름다운 그 이름아, 외로움!

하늘과 땅 잠들어 가라앉고, 바로 지금은

너의 무척 깊은 한숨과 맥박이,

저절로 깨어나서 생각에 잠긴 내 가슴과

만물이 뿌리내린 지심地心을 울리는 때.

벽에는 퍽 옅어진 내 그림자. 산처럼 높고

어지럽게 무릎께를 둘러싼 옛 책들은

寂寥

片破月の淋しき黄の光

破窓洩れて、老尼の裂裟の如、

静かに細うふるひて、讀みさしの

書の上、さては黙座の膝に落ちぬ。

草舎の軒をめぐるは千萬の

なげきの絲のたてぬき織り交ぜて

しらべぞ繁き叢間の蟲の歌。

夜の鐘遠く、灯も消えがてに、

　　　ああ美しき名よ、寂寥!

天地眠り沈みて、今こそは

汝がいと深き吐息と脈搏の、

ひとりしさめて物思ふわが胸と

すべての根ざす地心にひびく時。

壁には淡き我が影。堆たかく

亂れて膝をかこめる黄巻は

마치 먼 계곡 사이 빈 동굴에서
도망쳐 나온 '비밀'의 정령 같구나. ──
이러한 밤 몇몇 밤, 보이지 않는 세계로부터,
　　아름다운 그 이름아, 외로움!
너는 이 창문을 소리 없이, 달그림자의
짙은 회색 장옷 휘감고 미끄러져 들어와,
그리운 아내라도 되는 양 친밀하게
미소를 보이고 내 옆으로 앉는구나.

보라, 네가 뱉는 숨 고요히 불어오는 곳,
사람의 흐린 마음 잘 닦아 걷히게 하고,
주위 '사물' 움직임에 따라, 흔들리지 않는
진정한 '나'의 모습 선명하게
깃드는 것을 보며, 네가 맥박 치는 곳,
모든 소리는 숨어들고, 그저 널따란
마음의 바다에 표류하는 거대한 파도
밀려오고 밀려드는 울림 들리는도다.
　　아름다운 그 이름아, 외로움!

さながら遠き谷間の虚洞より

脱け出で来ぬる『秘密』の精の如。――

かかる夜幾夜、見えざる界より、

　　　美しき名よ、寂寥！

汝この窓を音なく、月影の

鈍色被衣纏ひてすべり入り、

なつかし妻の如くも親しげに

ほほゑみ見せて側へに座りけむ。

見よ、汝が吐息静かに吹く所、

人の心の曇りは拭はれて、

あたりの『物』の動きに、動かざる

まことの『我』の姿の明らかに

宿るを眺め、汝が脈搏つ所、

すべての音は潜みて、ただ洪き

心の海に漂ふ大波の

寄せては寄する響のきこゆなる。

　　　美しき名よ、寂寥！

아아 너 그야말로, 날카로운 도끼를 들고

이 인생의 가면을 벗겨 가겠다고

명 받아온 유정有情한 사신이더냐.

네가 찾아오는 것은 틀림없이 부드럽고,

또한 매우 빠를 테니, 마치 바람 같겠지.

우리 둘이 있으면, 네 눈은 한 줄기로

관통하려 해서인가, 가슴속으로 흘러들어,

그렇게 짓는 미소 또한 진정 장엄하게,

예컨대 수백 개 하얀 날의 검에 둘러싸여

지켜지는 어둠 속 침묵하는 숲과 같아서,

소리 없는 말들이 사방의 벽에 가득 차고,

저절로 수그러진 고개는 다시 들어올리지 못해.

　　아름다운 그 이름아, 외로움!

이리하여 다시금 나를 떠나려 할 때,

눈물은 마르고, 옷소매는 젖겠지만,

새롭게 가슴속에 타오르는 생명의

불꽃이야말로 너 내게 남겨준 기념비이니.

ああ汝こそは、鋭き斧をもて

この人生の假面を剥ぎ去ると

命負ひ来つる有情の使者か。

汝がおとづれは必ず和らかに、

またいと早く、恰も風の如。

二人のあるや、汝が眼に一すじに

貫ぬくとてか、胸にとそそぎ来て、

その微笑もまことに荘厳に、

たとへば百の白刃の剣もて

守れる暗の沈黙の森の如、

聲なき言葉四壁にみちみちて、

おのづと下る頭はまた起きず。

　　美しき名よ、寂寥!

かくて再び我をば去らむとき、

涙は涸れて、袂はうるほへど、

あらたに胸にもえ立つ生命の

石炭こそ汝が遺せる記念なれ。

아름다운 그 이름아, 외로움!

과거에는 나조차 수많은 세상 사람들이

싫어하는 것처럼, 너를 싫어했더랬지.

그것은 그저 봄날 아지랑이가 피어오른 들판에

날아가는 나비의 붕 떠 있는 마음에게는,

네 손길이 서리와 너무도 닮았기 때문이었으니.

그렇더라도, 너는 진정으로 끝도 없는

망망대해와 같아, 끊임없는 동요에,

진지하게, 늘 높이 나아가는

마음속 열쇠를 숨겨두고 있으니,

마침내는 깊고 숭고한 생명 지닌

용사의 심장 문을 열게 될 것이라.

아름다운 그 이름아, 외로움!

예컨대 네게 있는 비밀의 오랜 거울.

사람이 만약 모습을 비추면, 여러 가지

거짓과 꾸밈은 모조리, 젖어 버린 풀잎이

美しき名よ、寂寥！

嘗ては我も多くの世の人が
厭へる如く、汝をばいとへりき。

そはただ春の陽炎もゆる野に

とび行く蝶の浮きたる心には、

汝が手のあまり霜には似たればぞ。

さはあれ、汝やまことに涯もなき

大海にして、不断の動揺に、

眞面目と、常に高きに進み行く

心の奥の鍵をぞ秘めたれば、

遂には深き崇高き生命の

勇士の胸の門をばひらくなり。

　　美しき名よ、寂寥！

たとへば汝は秘密の古鏡、

人若し姿投ぜば、いろいろの

假装はすべて、濡れたる草の葉の

해에 말라 버리듯, 금세 사라져 버리고,

표면에 떠오르는 둥그스름한 그림자 둘, ——

그것은, 꾸밈없는 적나라한 '나'와, 또한

'나'를 휘둘러 싸는 자연의 위대한

불후의 힘일지니, 삶의 불이 타오르는 문.

실로 외로움을 마주하고 이야기할 때,

사람은 모조리 다 진정한 '나'의 말,

'나'의 목소리를 가지고 진실을 말하지.

　　아름다운 그 이름아, 외로움!

너는 다시 길고도 끝도 없는 사슬로,

영원히 나를 묶고 노예로 삼는구나.

집을 나서서 자연과 마주할 때,

회오리치는 바닷물 밑바닥에서, 하늘로 솟은

멋진 산봉우리 높은 가장자리에서, 그리고 또,

노랗게 피는 들녘 작은 꽃 잎 그늘에서

덩실덩실 춤추며, 가슴을 열 겹 스무 겹

단단히 휘감으며, 소중한 하늘의 이름

日に乾く如、忽ち消えうせて、

おもてに浮ぶまろらの影二つ、——

それ、かざりなき赤裸（せきら）の『我』と、また

『我』をしめぐる自然の偉（おほ）いなる

不朽の力、生火の燃ゆる門（かど）。

げに寂寥（さびしみ）にむかひて語る時、

人皆すべて眞（まこと）の『我』が言葉、

『我』が聲をもて眞（まこと）を語るなる。

　　美しき名よ、寂寥！

汝また長き端（はし）なき鎖（くさり）にて、

とこしへ我を繋ぎて奴隷（しもべ）とす。

家をば出でて自然に對す時、

うづ巻く潮（しほ）の底より、天（あま）そそる

秀峰（ほつみね）高き際（きは）より、さてはまた、

黄に咲く野邊の小花（をばな）の葉陰より

雀躍（こをど）り出でて、胸をば十重二十重

犇（ひし）と捲きつつ、尊とき天（あめ）の名の

239

현시되는 앞에서, 고개를 숙이게 만드는

그것 바로 그 힘, 아아 역시 또 너에게 있구나.

아름다운 그 이름아, 외로움!

사랑하는 사람의 품으로부터 만약 네가

찾아오기를 멈춘다면, 말로도 표현하지 못할

마음속 깊은 곳의 외침을 이야기할

위안의 벗은 이제 사라지고, 그는 마침내

참지 못할 고뇌에 아마 미쳐 버리겠지.

또한 이 선善과 진眞을 따르는 자에게,

만약 네가 가서는, 스스로 자기 자신에게

가르칠 시간을 주지 않는다면,

결국은 그의 마음도 말라비틀어지겠지.

아름다운 그 이름아, 외로움!

외로움이 사람을 죽인다고 누가 말했던가.

영혼이 없는 시체, 꽃이 없는 잡초는

네가 장엄하게 뱉는 숨에, 실로 어쩌면

240

現示（あらはれ）の前、頭（かうべ）を下げしむる、

それその力、ああまた汝にあり。

　　美しき名よ、寂寥！

戀する者の胸より若しも汝が

おとづれ絶たば、言語（ことば）も聞（ひら）きえぬ

心の奥の叫びを語るべき

慰安の友の滅びて、彼遂に

たへぬ悩みに物にか狂ふべし。

またかの善（よき）と眞（まこと）を慕（した）ふ子に、

若し汝行きて、みづから自らに

教ふる時を與（なか）ふる勿りせば、

遂には彼の心も枯るるらむ。

　　美しき名よ、寂寥！

寂寥（さびしみ）人を殺すと誰か云ふ。

霊なきむくろ、花なき醜草（しこくさ）は

汝がおごそかの吐息に、げに或は

태워 죽여야겠지. 썩은 나무에 꽃은 피지 않으니.

아아 외로움이여, 네가 맥박 치는 곳, ──

나와 내가 함께 섞이는 곳에서,

서로 만나게 하는 영묘한 기운의 여덟 겹 울타리에

시가의 꽃 핀 그리운 동산이 있어.

그곳에 내 영혼 고요히 방황하니,

저절로 일어나는 신음소리는 모두,

역사와 전당의 규제를 벗어나서,

친밀하게 사람과 자연을 관장하는

자애로운 빛의 신에게 바치는 깊은 기도.

흘러넘치는 눈물, 그 또한 이 세상에 늘 있는

눈물이 아니리니, 진정한 생명의

원천 그 깊은 곳에 귀의하는 상서로운 이슬.

    아름다운 그 이름아, 외로움!

너야말로 진실로 마음이 머무르는 집으로,

보이지 않는 기이한 세계에 문을 열고,

다시 이 살아 있는 상태 그대로인 세상 모습에

死にもやすべし。朽木に花咲かず。

ああ寂寥よ、汝が脈搏つところ、――

我と我との交はる所にて、

うちめぐらせる霊気の八重垣に

詩歌の花の戀しきみ園あり。

そこに我が魂しづかにさまよふや、

おのづと起る唸きの聲は皆、

歴史と堂の制規を脱け出でて、

親しく人と自然を司どる。

慈光の神に捧ぐる深祈祷。

あふるる涙、それまた世の常の

涙にあらず、まことの生命の

源ふかく歸依する瑞の露。

　　美しき名や、寂寥！

汝こそげにも心の在家にて、

見えぬ奇かる界に門ひらき、

またこの生けるままなる世の態に

도리어 커다랗고 영험하며 괴이하게 숨어 핀 꽃

여기에, 또 저기에, 각자의 가슴에조차

필 수 있음을 보이고, 무언의 가르침 늘어뜨려,

상념을 끊고 자유자재로 길을 고하는

풍요롭고 화려하며 때묻지 않은 소중한 영혼의 벗.

아아 이 세계에 홀로인 '사람' 있어서,

만약에 나와 같이, 아름다운 외로움의

팔에 끌어 안겨서, 장소와 시간을 초월하여,

그리움의 울음을 즐거운 줄 알고 있다면,

나는 이 달빛에 녹아들어가,

그에게 물어볼까, "영화榮華와 황금이라는

눈부신 흙의 가치 얼마나 되는가" 하고.

却りて大き霊怪の隠れ花

かしこに、ここに、各自の胸にさへ

咲けるを示し、無言の教垂れ、

想ひをひきて自在の路告ぐる

豐麗無垢の尊とき霊の友。

ああこの世界ひとりの『人』ありて、

若し我が如く、美し寂寥の

腕に抱かれ、處と時を超え、

あこがれ泣くを樂しと知るあらば、

我この月の光に融け行きて、

彼にか問はむ、『榮華と黄金の

まばゆき土の價や幾何』と。

추풍고가秋風高歌

잡시雜詩 열 편을 1904년 초가을에 씀

황금빛 해바라기

나의 사랑은 황금빛 해바라기,

새벽 출발시키는 종소리에 깨,

저녁 부는 바람에 잠들 때까지,

해를 쫓아 빛을 그리워하여, 둥글게

눈부시게 둘러싼 풍부한 열정의

색채 풍부하기도 한 황금빛 꽃이로구나.

이것이 꿈이라면, 영원히

깨어 있을 꿈이여, 황금빛 해바라기.

이것이 그림자라면, 따스하고

상서로운 구름 걸친 빛나는 해의 산 그림자.

둥그스름한데다, 하늘 위를 덮는

차단막도 없는 빛의 궁전 같구나.

눈이 부신 까닭에, 왕에게 하는 것처럼,

온갖 꽃들, 보라 잔디밭에 이마를 대는구나.

黄金向日葵

我が戀は黄金向日葵、

曙いだす鐘にさめ、

夕の風に眠るまで、

日を趁ひ光あこがれ、まろらかに

眩ゆくめぐる豊熱の

彩どり饒きこがねの花なれや。

これ夢ならば、とこしへの

さめたる夢よ、こがねひぐるま。

これ影ならば、あたたかき

瑞雲まとふ照日の生ける影。

圓らかなれば、天蓋の

遮りもなき光の宮の如。

まばゆければぞ、王者にすなる如、

百花、見よや芝生にぬかづくよ。

지금 다시 보니, 닮았도다, 저쪽 하늘 둥근 해도,

내 사랑의 햇살에 동경을 품고

하루 종일 돌아가는 저 하늘 해바라기와.

今はた、似たり、かなたの日輪も、

わが戀の日にあこがれて

ひねもすめぐるみ空の向日葵に。

내 세계

세상은 잠들고, 오직 나 홀로 깨어,

일어서네, 풀 기어가는 밤의 어둠 속 언덕 위.

숨을 죽이고 누워 있는 대지는

내 명령으로 가는 수레며,

별이 흩뿌려진 밤하늘 호탕함은

내가 뒤집어쓴 삿갓 같구나.

아아 이 세계, 어쩌면 아침 바람이

빛과 더불어, 다시 원래처럼,

내가 장악했다 떠날 때 있으리.

하지만 사람들아 알아 두려마, 내 가슴속

사유의 세계, 그것이 이 세계에 있는

모든 것을 초월한 부동의 나라라면,

나는 슬퍼하지도 않고, 또 잃지도 않으리라,

설령 이 세계가, 다시 원래처럼,

꿈틀대는 사람의 세계가 된다고 해도.

我が世界

世界の眠り、我れただひとり覚め、
立つや、草這う夜暗の丘の上。
息をひそめて横たふ大地は
我が命に行く車にて、
星鏤めし夜天の浩蕩は
わが被きたる笠の如。

ああこの世界、或は朝風の
光とともに、再びもとの如、
我が司配はなるる時あらむ。
されども人よ知れかし、我が胸の
思の世界、それこの世界なる
すべてを超ゑし不動の國なれば、
我悲しまず、また失はず、
よしこの世界、再びもとの如、
蠢く人の世界となるとても。

노란 작은 꽃

해 질 녘 들길을 걸어가, 노랗게 피어 있는
작은 꽃을 따니, 눈물 막을 수 없네.

아아, 아아 이내 몸과 이 꽃, 작아도
생명 있으며, 또 우러르면 빛이 있지.
이 들판에 피어 있는, 이 세상에 버려진,
운명이여, 어느 것인들, 크나큰 자비의
숨어 보이지 않는 은혜로운 업業이 아닐까.

만약 내가, 노란 꽃처럼,
서리에 스러지는 때 있을지라도,
다시금, 남김없이 하늘의 손에
돌아갈 수 있는 행운도 가지리라.

아아 이 꽃의 마음을 풀 사람 있다면
내 마음 또한 풀 수 있으리.

黄の小花

夕暮野路を辿りて、黄に咲ける
小花を摘めば、涙はせきあへず。

ああ、ああこの身この花、小さくも
いのちあり、また仰ぐに光あり。
この野に咲ける、この世に捨てられし、
運命よ、いづれ、大慈悲の
かくれて見えぬ恵みの業ならぬ。

よし我、黄なる花の如、
霜にたをるる時あるも、
再び、もらす事なき天の手に
還るをうべき幸もてり。

ああこの花の心を解くあらば
我が心また解きうべし。

마음의 꽃 피어난다면,

다시 필 것이니, 보이지 않는 동산의 문.

心の花しひらきなば、

またひらくべし、見えざる園の門。

그대라는 꽃

그대 새빨간 빛깔 장미꽃이여,
하얀 비단 걸치고 감싸더라도,
색만은 희미하게 비치는구나.
어찌하면 좋으리 망설이면서,
검은 염색을 한 옷 소매 뒤집어
덮고 또 덮더라도 한층 더 높이
꽃이 내는 향기는 흘러넘치지.

아아 숨기기 힘든 자태이기에,
뺨에는 생명력의 피가 뜨겁고,
다 감싸기 어려운 향내인 탓에
눈동자에 별들의 향기도 떠서,
위장하기 어려운 사랑의 마음,
꺼지지 않을 등잔 불빛 숨결에
그대 어여쁜 꽃을 물들이노라.

君が花

君くれなゐの花薔薇、

白絹かけてつつめども、

色はほのかに透きにけり。

いかにやせむとまどひつつ、

墨染衣袖かへし

掩へども掩へどもいや高く

花の香りは溢れけり。

ああ秘めがたき色なれば、

頬にいのちの血ぞ熱り、

つつみかねたる香りゆゑ

瞳に星の香も浮きて、

伴はりがたき戀心、

熄えぬ火盞の火の息に

君が花をば染めにけれ。

파도는 사라지며

파도는 사라지며, 부서지면서
바닥 없는 바다의 밑바닥에서 솟아올라,
아침부터 한낮, 낮에서 밤으로 아침으로
부단한 외침 소리 올리며, 띠처럼,
내가 있는 이 섬을 휘감고 있네.

아아 시인이 품은 시흥詩興 자아내는
파도도, 사라지며, 부서지면서.
헤아려 알 수 없는 '비밀'의 가슴속 문에서,
겹풍과 더불어서 천고의 세월 곡절 삼아,
불멸의 가르침 이야기하며, 용맹스럽게
사람의 마음속 기슭으로 밀려오는구나.

波は消えつつ

波は消えつつ、碎けつつ

底なき海の底より湧き出でて、

朝より眞晝、晝より夜に朝に
 ^(まひる) ^(ひる)

不断の叫びあげつつ、帯の如、
 ^(ふだん) ^(をび)

この島根をば纏ふなり。
 ^(しまね) ^(まと)

ああ詩人の興来の
 ^(うたびと) ^(きようらい)

波も、消えつつ、碎けつつ。

はかり知られぬ『秘密』の胸戸より、
 ^(むなど)

劫風ともに千古の調にして、
 ^(ごふふう)

不滅の教宣りつつ、勇ましく
 ^(の)

人の心の岸には寄するかな。

버드나무

아아 그대야말로, 푸른 깊은 못
유전하는 물결에 그림자 띄우고
낭창낭창하게 선 버드나무로구나.

유전이여, 그렇지 유전이여, 그건 마침내
꿈이 못 되고, 또한 그림자 못 돼,
비추는 세상의 생생한 나날 진행되어 가는
생명의 흐름이기 때문이려나, 봄바람
향그럽고 물결도 그 향기에 춤춰,
비 한 번 올 때마다 머리를 빗는
사랑스러운 작은 빗 색으로 하여금,
보라 지금, 버드나무 가지 새로운 장식,
푸른 못의 물결도 즐거운 듯해
세상은 온통 사랑의 짙은 초록빛.

柳

ああ君こそは、青淵の

流轉（るてん）の波に影浮けて

しなやかに立つ柳（やなぎ）なれ。

流轉よ、さなり流轉よ、それ遂に

夢ならず、また影ならず、

照る世の生日（いくひ）進み行く

生命（いのち）の流れなればか、春の風

燻（くん）じて波も香にをどり、

ひと雨毎（あめごと）に梳（くしけ）づる

愛の小櫛（をぐし）の色にして、

見よ今、枝の新装（にひよそひ）、

青淵波もたのしげに

世は皆戀の深緑（ふかみどり）。

사랑의 길

높은 곳에 올라가, 바라보노니,
하늘과 땅 사랑의 길 오고가는
푸르른 해원 저 가장자리에,
평안히 나아가는 흰 돛 그림자. ──
　　파도는 쉬지 않고, 지치지 않고
　　서로 물고, 부서져, 움직이지만,
　　평안히 나아가는 흰 돛 그림자.

길이 좁은 까닭에, 아주 바쁘게
꿈틀대는 사람아, 와서 보려마, ──
　　꽃을 괴롭혀 대고, 경치를 묻고,
　　똑바로 뻗은 길을 만든다면서,
　　좁고 어두침침한 시름과 탄식
　　감옥으로 떨어진 자여, 보려마, ──
드넓은 바다 길은 사라지고, 종횡으로 난
길들이여 열려라, 사랑의 길아.

愛の路

高きに登り、眺むれば、
乾坤愛の路通ふ

青海原のはてにして、

安らかに行く白帆影。──

波波波は休まず、撓まずに

波波相嚙み、くだけ、動けども、

波波安らかに行く白帆影。

路のせまきに、せはしげに

蠢く人よ、来て見よや、──

波波花を虐げ、景を埋め、

波波直なるみちをつくるとて、

波波狭き小暗き愁嘆の

波波牢獄に落ちし子よ、見よや、──

大海みちはなくして、縦横の

みちこそ開け、愛の路。

265

떨어진 나무 열매

. . . . .

가을 해는 일찍 안채 지붕에 들고,
황폐해진 느낌의 해 질 녘을 그저 혼자
장지 바른 문 열어, 마당 쪽 바라볼 때,
마당은 바람 없고, 낙엽 소리도 끊어져,
아주 고요한 곳에, 사과 빨간 열매는
살포시 떨어졌네, 물결 없는 물웅덩이.

해 질 녘 담담한 햇빛은 비질한 자국
똑바른 땅바닥에 구석구석 방황하고,
여전히 노을 남은 하늘의 마음만이
한층 더 밝게 비치고 있는 물웅덩이,
지금 붉은 색 나무 열매 떨어지니
갑작스레 물결의 작은 소용돌이 일지만,
이윽고 원래대로 안식을 보여 주며,
다시금 하늘의 마음을 깃들게 하고는,
그 멀고 창백한 빛으로 한 알의

落ちし木の實

秋の日はやく母屋（おもや）の屋根に入り、

ものさびれたる夕をただひとり

紙障（しさう）をあけて、庭面（にはも）にむかふ時、

庭は風なく、落葉の音（ね）もたえて、

いと静けきに、林檎（りんご）の紅（あけ）の實（み）は

かすかに落ちぬ、波なき水潦（みづたまり）。

夕のあはき光は箒目（ほほきめ）の

ただしき地（つち）に隈（くま）なくさまよひて、

猶暮れのこるみ空の心のみ

一きは明（あか）くうつせる水潦（みづたまり）、

今色紅（あけ）の木（こ）の實（み）の落ち来しに

にはかに波の小渦（さゝうづ）立てたれど、

やがてはもとの安息（やすらぎ）うかべつつ、

再び空の心を宿しては、

その遠蒼（とをあを）き光に一粒（いちりふ）の

267

사과 언저리에 테를 둘렀구나.

아아 이 작은 나무 열매여, 팔백 천 년,
이런 식으로 너는 조용히 떨어져 왔었구나.
또한 백 년의 세월 전에, 서양 사람이
생각에 잠겼다가 정원으로 나갔을 때,
거룩한 신이 가진 권능의 법칙,
이런 식으로 떨어져, 그에게 알려 주었겠지.

나는 이제 사람의 이 세상살이 덧없음에
괴로움에 울면서, 운명의 머나먼 길,
어느 곳으로, 젊고 연약한 이 육신
데려가려는 건가 남몰래 주저했노라.
떨어져 내린 너를 바라보며, 나는 다시,
괴롭지 않고, 또한 덧없는 그림자도 아닌
거룩한 신의 권능이 만든 세상을 알았노라.

너는 무슨 연고로 이렇게까지 고요한가, ──

りんごのあたり縁（ふち）どりぬ。

ああこの小さき木の實よ、八百千歳（やほちとせ）、

かくこそ汝（なれ）や静かに落ちにけむ。

またもも年（とせ）の昔に、西人（にしびと）が

想ひに耽る庭にとおとなひて、

尊とき神の力の一鎖（ひとくさり）、

かくこそ落ちて、彼（かれ）には語りけめ。

我今人のこの世のはかなさに

つらさに泣きて、運命の遠き路（さだめ）、

いづこへ、若きかよはきこのむくろ（わか）

運ばむものと秘かに惑へりき。（はこ）（ひそ）（まど）

落ちぬる汝（なれ）を眺めて、我はまた、

辛からず、はたはかなき影ならぬ（つち）

たふとき神の力の世をば知る。

汝（なれ（なにゆゑ）） 何故にかくまで静けさぞ、――

사람은 스스로 운명에 만족 못하고,

쓸쓸한 그 광막함 끝도 없는 어둠의 들판

무릎 꿇고, 씁쓸한 비애의 열매를 베 무니,

무슨 연유로 너 이렇게까지 평안한지, ——

만족스러운 듯이, 떨어져서는 움직이지 않고

마음속 무언가에 깊숙이 의지하는 듯.

밤의 발걸음은 점점 더 다가오고,

연약한 날개 탓인가, 무리에서 뒤쳐진 저녁 까마귀

적적함이 밴 목소리에 벗을 부르는 높은 울음아,

물 표면에 떠오른 저 하늘의 밝음도

사라져서, 좁은 내 마당 어두워졌도다.

아아 이 어둠이 뱉는 숨결 한가운데여,

불을 켜는 것도, 나 자신도 잊어 버리고,

되살아 돌아오는 마음속 빛으로써

거무튀튀한 흙의 모습을 한 나무 열매를

바라보면서, 고요히 꿇어 앉노라.

人はみづから運命(さだめ)に足(た)りかねて、

さびしき廣みはてなき暗の野の

躓(つまづ)き、にがき悲哀(ひあい)の實(み)を喰(は)むに、

何故汝のかくまで安けきぞ、――

足(た)るある如く、落ちては動かずに

心に何か深くも信頼(たよ)る如。

夜の歩みは漸く迫(せま)り来て、

羽弱(はよは)か、群(むれ)に後れし夕鴉(ゆふがらす)

寂(さび)ある聲に友呼ぶ高啼(たかな)きや、

水面(みのも)にうきしみ空の明(あか)るみも

消えては、せまきわが庭黝(くろず)みぬ。

ああこの暗の吐息のただ中よ、

灯(ひ)ともす事も、我をも忘じては、

よみがへりくる心の光もて

か黒き土(つち)のさまなる木の實をば

打眺めつつ、静かに跪(ひざま)づく。

비밀

꽃의 납이 불타는 발의 그림자,
고토의 줄받침을 짚는 소녀의
새끼손가락 살짝 유연하게도,
현에서 또 현으로 바뀌어 가면,
달려 나오는 듯한 환상의 모습
사람 취하게 하는 음악의 궁전,
아아 이 궁전일랑 숨겨 두었던
영원토록 새로운 고토의 속내,
비밀이 아니라고 누가 말하리.

팔천 년 간 사람의 손닿지 않은
신들의 세계처럼 넓은 고토를
깊고도 예리하고 장엄하게도
내 눈에 비춰보면, 천 편 만 편의
시가는 구슬 없고 맑은 물 없이,
빛나는 강물로써 넘쳐오누나.

秘密

花蝋もゆる御簾の影、
琴柱をおいて少女子の
小指やはらにしなやかに、
絃より絃に轉ずれば、
さばしり出づる幻の
人醉はしめの樂の宮、
ああこの宮を秘め置きて
とこあらたなる琴の胸、
秘密ならずと誰か云ふ。

八千年人の手に染まぬ
神の世界の大胸に
深くするどくおごそかに
我が目うつれば、ちよろづの
詩は珠なし清水なし、
光の川と溢れくる。

아아 이 빛의 강물 아름답게도,

쉬는 순간도 없이 솟아나는 게

비밀이라 할 줄을 그 누가 알리.

ああこの水の美しく、
休^{やす}む事なく湧^づき出るを

秘密なりとは誰か知る。

발걸음

시작도 없고, 또한 종말도 없는
시간을 새긴다며, 기둥에 걸린
시계 바늘은 소리 울리며 가네.
좁다랗고, 짧으며, 지나기 쉬운
생명을 새긴다며, 나의 다리는
하루 종일 길 위를 걷는 것이리.

あゆみ

始めなく、また終りなき

時を刻むと、柱なる

時計の針はひびき行け。

せまく、短かく、過ぎやすき

いのち刻むと、わが足は

ひねもす路を歩むかも。

강 위의 노래

강물은 느릿하게, 하얀 구름의
그림자를 띄우고, 들판 가르는
강을 사이에 둔 채, 서쪽과 동쪽,
서쪽의 저택에는 예쁜 머리결
우아한 아가씨 노래 끊이지 않고,
동쪽 강기슭 근처 풀 그늘에는
양치기 아이 홀로 살고 있었지.

아가씨의 모습은, 여린 어깨에
물결치는 머리칼 초록빛 나는
구름 머리에 이고, 백룡인 듯이
하늘의 계단 밟고 있는 천녀가
날개옷을 벗은 채 서 있는 모습.
양치기 부는 피리, 그건, 들판의
새하얀 양이 아주 어려 보이는
눈동자 들어올려 저 너른 하늘

江上の曲

水緩やかに、白雲の

影をうかべて、野を劃る

川を隔てて、西東、

西の館ににほひ髪

あでなる姫の歌絶えず、

車の岸の草蔭に

牧の子ひとり住ひけり。

姫が姿は、弱肩に

波うつ髪の緑なる

雪を被きて、白龍の

天の階ふむ天津女が

羽衣ぬげるたたずまひ。

牧の子が笛、それ、野邊の

白き羊がうら若き

瞳をあげて大天の

동그란 꿈에 동경 간직한 듯한

느낌처럼 무구한 곡조였었지.

그렇긴 해도 강의 서쪽과 동쪽,

강물의 푸르른 빛 품 안에서는,

달은 동쪽 하늘에, 해는 서쪽에

나란히 나와서 떠 있는 모습을

고요히 담아두는 때는 있어도,

두 사람의 눈동자, 단 하루조차

서로를 보게 되는 일은 없었지.

두 사람의 눈동자, 단 하루조차

함께 눈물에 젖는 일 없었지만,

작은 창문, 벚꽃이 핀 심정으로

봄날의 향기 피는 서쪽의 기슭,

어느 날, 아가씨가 보라색 짙은

장막 걷어 올리고 나와 봤을 때,

녹색 풀 자란 들판 언덕 저 멀리

圓らの夢にあこがるる

おもひ無垢なる調なりき。

されども川の西東、

水の碧の胸にして、

月は東に、日は西に

立ちならびたる姿をば

静かに宿す時あれど、

二人が瞳、ひと日だに

相逢ふ事はなかりけり。

ふたりが瞳ひと日だに

あひぬる事はあらざれど、

小窓、櫻の花心地

春日燻ずる西の岸、

とある日、姫が紫の

とばりかかげて立たす時、

緑草野の丘遠く

너무도 부드럽게, 또 즐거웁게
봄날의 들뜬 마음 표류하더니,
실아지랑이 끼는 들 서쪽으로,
강 표면을 넘어서 전해져 오는
양치기 피리 소리 들은 때부터,
무엇인지 가슴에 그림자 멀리
그 옛날의 꿈결이 어렴풋하게
찾아와 주리라는 생각이 들어,
낮은 낮대로 내내, 하루 또 하루,
아가씨는 우아한 그 모습으로,
너른 들판 초록빛 하늘과 땅을
액자틀처럼 생긴 돋을새김인 양,
저택의 창문가에 서 있었구나.

다시, 저녁 무렵의 이슬 내린 길,
양을 몰고 쫓았던 양치기 아이
풀내음 깊이 나는 오두막으로
되돌아와서 보니, 희미하게도

いとも和（やは）らに、たのしげに

春の心のただよひて、

糸遊（いというう）なびく野を西へ、

水面（みのも）をこえて浮びくる

牧の子が笛聞きしより、

何かも胸に影遠き

むかしの夢の仄（ほの）かにも

おとづれ来（く）らむ思ひにて、

畫はひねもす、日を又日、

姫があでなる俤（おもかげ）は、

廣野（ひろの）みどりのあめつちを

枠（わく）のやうなる浮影（うきぼり）と、

やかたの窓に立たしけり。

また、夕されの露の路、

羊を追うて牧の子が

草の香深き岸の舎（や）に

かへり来ぬれば、かすかにも

옅은 빛이 비치는 강물 표면에
방황하며 퍼지는 노랫소리에
아름다운 꿈결로 영혼 이끌려,
그저 왠지 모르게 그 노래 부른
사람을 연모하며, 통나무 빈 배,
썩은 나무 말뚝에 배 매는 밧줄
풀어서는, 밤마다 양치기 아이
서쪽 기슭을 향해 저어 갔더라.

아아, 아아 그래도 낮에 또 밤에,
두 사람의 눈동자, 단 한 번조차
서로 마주친 때는 없었노라니.
아가씨 품은 생각 그저 저 멀리
낮의 들판을 건너 간혹 끊기는
피리 소리 곡조의 그 심정이고,
양치기 아이의 사랑, 그것 또한,
장막이 흔들리는 창에서 새는
불빛과 더불어서 흔들리게 된

薄光さす川面に

さまよひわたる歌聲の

美し夢に魂ひかれ、

ただ何となくその歌の

主を戀しみ、獨木舟、

朽木の杭に纜を

解きて、夜な夜な牧の子は

西の岸にと漕ぎ行きぬ。

ああ、ああ、されど日を又夜、

ふたりが瞳、ひとたびも

相あふ時はあらざりき。

姫が思ひはただ遠き

晝の野わたるたえだえの

笛のしらべの心にて、

牧の子が戀、それやはた、

帳ゆらめく窓洩れて

灯影とともにゆらぎくる

맑고 깨끗한 노래 그 심정일 뿐.

아가씨는 꿈꿨지, '저 들판 도는
곡조는, 한밤중의 나의 노래가
하늘로 돌아가는 메아리구나.'
다시 꿈꾸지, 양치기 아이도,
'밤마다 들려오는 이 노랫소리,
한낮에 내가 부는 풀피리 소리
땅 중심에 스며든 여운.'이라고.

양치기는 들에서, 무척 가녀린
희망 어린 곡절의 피리를 불고,
아가씨는 쓸쓸히, 보라색 나는
장막 두터이 치고, 한밤의 창가,
사람 그리워하는 동경을 품은
부드런 노랫소리 눈물 어리게,
이와 같이 날마다 아가씨 눈은
목장 들판을 달려, 밤이면 밤마다

清しき歌の心のみ。

姫は夢見ぬ、『かの野邊の
しらべぞ、夜半のわが歌の
天よりかへる反響なれ。』

また夢見けり、牧の子も、

『かの夜な夜なの歌こそは、
白晝わが吹く小角の音の
地心に沁みし遺韻よ。』と。

牧の子は野に、いと細き
希望の節の笛を吹き、

姫はさびしく、紫の
とばりを深み、夜半の窓、

人なつかしのあこがれの
柔き歌聲うるませて、

かくて日毎に姫が目は
牧野にわしり、夜な夜なに

양치기 아이 저은 통나무 빈 배
서쪽의 기슭으로 이어지면서,
벚꽃은 이제 지는 늦은 봄날로,
향해 가며, 생명의 미치광이 불
날뛰는 그 불꽃의 깊은 초록빛,
그저 한창 타오를 여름의 바람
들판 넘어 이리로 찾아왔구나.

아아 여름이 되면, 뜨거운 태양
빛 속에 기를 쓰는 들판의 양들,
풀 어지러이 밟고, 울타리 넘어,
샘물 가장자리에서 장난을 치며
채찍 두려워 않는 경쾌한 몸 춤,
서쪽 기슭에서도, 잎 난 벚나무
남방에서 온 철새 한여름의 새,
와서 지저귀는 노래, 반짝거리며
살아 있는 환상을 불러내듯 해,
고향 마을 머나먼 남쪽 나라의

牧の子が漕ぐうつろ舟

西なる岸につながれて、

櫻花散る行春や、

行きて、いのちの狂ひ火の

狂ふ焔の深緑、

ただ燃えさかる夏の風

野こえてここにみまひけり。

ああ夏なれば、日ざかりの

光にきほふ野の羊、

草踏み亂し、埒を超え、

泉の緣のたはぶれに

鞭ををそれぬこをどりや、

西の岸にも、葉櫻に、

南蠻鳥は眞夏鳥、

来て啼く歌は、かがやかの

生ける幻誘ふ如、

ふる里とほき南の

타오르고 또 타는 사랑의 노래,

빛나는 깃털 고르고, 눈을 올리며,

목청소리 드높게 전해 보지만,

외롭구나, 두 사람, 낮에 또 밤에,

서로 마주볼 순간 없었더랬지.

가슴에 소용돌이친 생명의 불

그 불꽃에 데이고 문드러져도,

아아 문드러져도, 이리 여전히,

손에 잡기 어려운 꿈을 좇아서,

물 흐름도 느릿한 커다란 강의

(멀긴 해도, 뜬 다리 이어져 있는)

서쪽과 동쪽으로, 허무하게도

그림자 닮은 사랑 못 이어졌지.

여름은 또 갔도다. 이리 여전히,

아아 꿈은 머나먼 동경이구나,

덧없는 그 사랑은 못 이어졌지.

목장 들판의 풀에, '가을'은 먼저

燃えにぞ燃ゆる戀の曲、

照る羽つくろひ、瞳をあげて、

のみど高らに傳ふれど、

さびしや、二人、日を又夜、

相見る時はあらざりき。

胸に渦巻くいのちの火
その焔にぞ燬かれつつ、

ああ燬かれつつ、かくて猶、

捉へがたなき夢追ふて、

水ゆるやかの大川の
（隔てよ、さあれ浮橋の）

西と東に、はかなくも

影に似る戀つながれぬ。

夏また行きぬ。かくて猶、

ああ夢遠きあこがれや、

はかなき戀はつながれぬ。
牧野の草に、『秋』はまづ

들국화를 피우고, 약도라지에,
이삭여뀌풀까지 여러 풀들로
이슬에 물든 옷과, 벌레 소리도,
높이 부는 바람도 점차 이어져,
잎 하나 또 잎 하나 물위로 지는
기슭의 벚나무 단풍잎마저도,
꿈을 쫓는 심장에 옛 생각나게
다시 참기 어려운 쓸쓸한 심정
이 하늘과 땅에서 자아냈구나.

어느 밤, 달빛 몹시 밝기도 하고,
울먹이는 소리와 닮은 잔물결
기슭의 곡조에도 왠지 모르게,
끝이 어딘지 모를 강물 바닥이
숨겨 놓은 사랑의 소리로 나온
울림소리인 듯이 들려오면서,
둥그스름한 달의 표면, 다시금
내 마음을 비치고 있는 것처럼

野菊と咲きて、小桔梗（をぎきやう）に、
水引草（みづひきさう）にいろいろの
露染衣（つゆぞめごろも）、蟲の音も、
高吹（たかふ）く風も追々（おひおひ）に、
ひと葉ひと葉と水に散る
岸の櫻の紅葉（もみぢ）さへ、
夢追ふ胸になつかしく
また堪へがたき淋しさを
この天地にさそひ来ぬ。

ひと夜、月いと明（あか）くして、
咽（むせ）ぶに似たる漣（さざなみ）の
岸の調（しらべ）も何となく、
底ひ知られぬ水底（みなぞこ）の
秘めたる戀の音にいづる
おとなひの如聞かれつつ、
まろらの月のおもて、また
わが心をばうつすとも

보여, 아아 그 사랑 품었던 마음
몹시 참기 어려운 밤이었노라.
양치기 아이 탄 배 느린 속도로
동쪽의 기슭에서 저어 나갔지.

높은 창문 새나와, 꿈자리 깊이
달빛에 표류하는 아가씨 노래,
오늘밤은 한층 더 맑게 들려서,
아아 커다란 강도 이제는 잠시
그 흐름을 멈추고, 하늘과 땅의
수만 가지 영혼도 그 목소리의
물결 안에 녹아서 떴다가 지며,
오직 하늘 중심인 달의 존재만
그 빛을 더하였고, 그 노랫소리
절절한 호소임을 듣는 것처럼,
이 세상 것이 아닌 백조 떼들의
울음소리 높다란 선율 지니며,
수면에 고요하게 퍼져 머무니,

見えて、ああその戀心

いと堪へがたき宵なりき。

牧の子が舟ゆるやかに

東の岸をこぎ出でぬ。

高窓洩れて、夢深き

月にただよふ姫が歌、

今宵ことさら澄み入りて、

ああ大川も今しばし

流れをとどめ、天地の

よろづの魂もその聲の

波にし融(と)けて浮き沈み、

ただ天心(てんしん)の月のみが

光をまして、その歌の

切(せち)なる訴へ聽く歌(うた)が如、

この世の外の白鳥の

かがなき高き律(しら)べもて、

水面(みのも)しづかにいわたれば、

참기 어려워졌나, 양치기 아이
젓던 노 내던지고, 강 중류쯤의
물살에 몸을 맡긴 통나무 빈 배,
배도 자기 신세도 다 잊어버려,
숨마저 끊어지라 한 곡절 노래
피리 속에 마음을 불어넣었지.

그러자 곧 아가씨 노래 그치고,
창문을 열었다네. 달빛에 비쳐
이제 보이는구나, 영롱하게도
빛에 비쳐 보이는 아가씨 얼굴.
작은 손을 들어서 불러 보지만,
저을 노 없는 배는 서지 못했지.
배마저 흘러가고, 사람도 흘러,
피리의 곡조마저 멀리 떠나고,
부를 이름 몰라, 아가씨는 그저
부르던 노래만을 계속 부르고,
등을 펴서 뒤돌고, 펴서 뒤돌며,

しのびかねてや、牧の子は
櫂なげすてて、中流の

水にまかする獨木舟、

舟をも身をも忘れ果て、
息もたえよと一管の

笛に心を吹きこみぬ。

たちまち姫が歌やみて、

窓はひらけぬ。月影に
今こそ見ゆれ、玲瓏の

光に浮ぶ姫が面。
小手をばあげて招げども、

櫂なき舟はととまらず。

舟も流れて、人も流れて、

笛のしらべも遠のくに、

呼ぶ名知らねば、姫はただ
慣れにし歌をうたひつつ、
背をのびあがり、のびあがり、

어쩌면 하고 여긴 잠깐의 순간,
옷소매 반짝이며, 창문 안쪽의
모습 사라졌도다. 강물 표면의
달빛은 백 개 천 개 부서졌구나.

이렇게 이날 밤의 달빛에 의해
아가씨의 영혼도, 피리 소리도
끝도 없는 하늘로 녹아들면서,
슬프디 슬픈 사랑 꿈결의 흔적
통나무 텅 빈 배와 모두 더불어,
사람들 알 수 없는 너른 해원의
비밀 밑바닥으로 흘러갔노라.

あなやと思ふまたたきに、

袖ひらめきて、窓の中(うち)

姿は消えぬ。川のおも

月は百千(もゝち)にくだかれぬ。

かくてこの夜の月かげに

姫がみ魂も、笛の音も

はてなき天(あめ)にとけて去り、

かなしき戀の夢のあと

獨木(うつろ)の舟ともろともに、

人知りがたき海原の

秘密の底に流れけり。

마른 숲 · · · · ·

자꾸 쌓이는 졸참나무 썩은 잎
두터운 옷에, 땅은 소리도 없고,
내린 눈마저 나무들 북쪽 그늘
하얀 은빛의 방패처럼 뒤덮은
겨울의 시든 언덕 위의 숲에는,
해 하루 종일, 거칠게 불어대는
겨울바람과 낮의 싸움 끝내고,
살갗 찬 기운 잔등에 다가오는
해 떨어질 때, 흐릿한 여운 남긴
사멸해 가는 하늘의 태양 빛에
밝고 투명한 나무줄기 사이를
날갯소리 내 옮겨 날아다니며,
주눅이 들은 겨울의 침묵일랑
깨려는 건가, 무척이나 분주히,
날갯짓 힘찬 붉은 가슴털의 새
산속에 사는 새 작은 딱따구리

枯林

うち重む楢の朽葉の

厚衣、地は聲なく、

雪さへに樹々の北蔭

白銀の楯に掩へる

冬枯の丘の林に、

日をひと日、吹き荒みたる

凩 のたたかひ果てて、

肌寒の背に迫る

日落ち時、あはき名残の

ほころびの空の光に

明に透く幹のあひだを

羽 鳴らし移りとびつつ、

けおさるる冬の沈黙を

破るとか、いとせはしげに、

羽強の胸毛赤 鳥

山の鳥小さき啄木鳥

301

나무를 쪼는 소리를 흘렸도다.

적적한 심정 가슴이 휘말려서,

고개 숙이고, 누런 잎의 몇 조각

아직도 남은 졸참나무 아래에

서성거리면, 사람 세상은 모두

멀어져 가고, 종말과도 비슷한

겨울의 저녁, 이 하늘과 이 땅에,

떨어져 가는 해와, 그 새 소리와,

나만 오롯이 있는 것과 닮았지.

가지를 꺾고, 줄기를 휘게 하며

불어 지나간 파괴의 겨울바람

흔적도 없고, 아주 장엄하게도,

팔천 년 세월 역사라도 되는 듯,

또한 드넓은 묘지라도 되는 듯,

침묵해 드는 졸참나무의 숲을

나의 영토라, 추위 겁내지 않고,

木を啄く音を流しぬ。

さびしみに胸を捲かれて、
うなだれて、黄葉のいく片
猶のこる楢の木下に

佇めば、人の世は皆
遠のきて、終滅に似たる
冬の晩、この天地に、

落ちて行く日と、かの音と、

我とのみあるにも似たり。

枝を折り、幹を撓めて
吹き過ぎし破壊のこがらし

あともなく、いとおごそかに
八千とせの歴史の如く、

また廣き墓の如くに、

しじまれる楢の林を
わが領と、寒さも怖ちず、

기를 쓰면서, 그 소리 따닥따닥,
겨울나무의 줄기를 쪼아 대며
잠시 동안도 끊일 새 주지 않네.
너무나 깊이, 또한 성마른 듯한
그 울림소리 멀리까지 퍼져서,
메아리 소리 메아리를 부르고,
이제 와서는, 사라져 버린 소리
아직도 남은 소리 날줄 씨줄로
교대로 엮은 저녁 파도의 음악,
미약하나마 진동의 기운 띠고,
쓸쓸함에 찬 바닷물 길 저 멀리,
숲을 넘어서, 마른 들을 넘으며,
저녁 하늘에, 다시 저녁의 땅에
빠진 곳 없이 모두 흘러넘쳤네.

나로선 그저 정신도 아득하게,
야윈 어깨를 졸참나무에 대고,
마치 뼈처럼, 움직이지도 못해,

304

気負ひては、音よ坎々、

冬木立つ幹をつつきて

しばらくも絶間あらせず。

いと深く、かつさびれたる

その響き遠くどよみて、

山彦は山彦呼びて、

今はしも、消えにし音と

まだ残る音の経緯

織りかはす樂の夕浪、

かすかなるふるひを帯びて、

さびしみの潮路遠く、

林こえ、枯野をこえて、

夕天に、また夕地に

くまもなく溢れわたりぬ。

われはただ氣も遠々に、

痩肩を櫓にならべて、

骨の如、動きもえせず、

눈을 꾹 감고, 고개를 수그리면,
그 울림소리, 지금 다시금 나의
쓸쓸함 지닌 저 바닥의 심장을
누구인가가 날카로운 부리로
쪼아 대면서, 영혼 불러 깨우는
세상 바깥의 소리로 느껴지지.

아아 나는야, 시 짓는 외로운 이,
젊기도 하고 마음도 약한 데다,
많은 의문에, 또 커다란 비애에
이렇게 여기 서 있는 게로구나.
지금 물어라, 자그마한 새에게, ──
생명이 없는 소멸의 세계에서
그저 저 홀로 사명에 기운 솟아,
울리게 하는 것은 마음의 흔적,
생명이 지닌 드높은 분투로다.
힘차게 흔든 날개의 웅웅거림
뿌듯해 하는 그의 개선가인가,

目を瞑ちて、額をたるれば、

かの響き、今はた我の

さびしみの底なる胸を

何者か鋭きくちはしに

つつきては、霊呼びさます

世の外の聲とも覺ゆ。

ああ我や、詩のさびし児、

若うては心よわくて、

うたがひに、はた悲哀に

かく此處に立ちもこそすれ。

今聞けよ、小さき鳥に、——

いのちなき滅の世界に

ただひとり命に勇みて、

ひびかすは心のあとよ、

生命の高ききほひよ。

強ぶるふ羽のうなりは

勝ちほこる彼の凱歌か、

307

또는 어쩌면, 나를 비웃어 대는
자긍심 높이 웃어 대는 소린가.
이런 생각에 나의 아래턱은
아아 더더욱 가슴속에 묻혔네.
가는 팔뚝은 꼭 마른 가지처럼
아무 힘없이 무릎께 늘어졌네.
고요하게도 마음속 현악기에
기도를 하는 노래까지 더했지.

태양은 벌써 산으로 저물었고
황혼 노을의 옅은 빛은 무거워,
바삐 다니며 나무들 돌아다닌
딱따구리는, 이번에는 가까이,
내가 기대선 졸참나무 노목의
줄기로 와서, 오늘이 끝나감을
한껏 드높이 고갱이에 새겼지.

はた或は、我をあざける
矜（たかぶ）りの笑ひの聲か。
かく思ひわが頤（おとがひ）は
いや更に胸に埋りぬ。
細腕（おそりで）は枯枝なして
ちからなく膝邊（ひざべ）にたれぬ。
しづかにも心の絃（いと）に
祈（いの）りする歌も添ひきぬ。

日は既（すで）に山に沈みて
たそがれの薄影（うすかげ）重く、
せはしげに樹々（きぎ）をめぐりし
啄木鳥（きつつき）は、こ度（たび）は近く、
わが凭（よ）れる楢の老樹（おいき）の
幹に来て、今日のをはりを
いと高く髓（ずゐ）に刻みぬ。

하늘의 등잔

사랑이란, 하늘을 비추는 태양
스스로를 불태운 촛농의 눈물,
흘러넘쳐, 지상에 벙어리인 자
차갑게 닫아 버린 가슴속 문의
꿈을 꾸는 틈새로 집어넣은 것.

꿈이란, 꿈에 있는 들판의 잡초,
풀이 하늘을 보는 틈바구니로
떨어져 내린 한 점 불은 타올라,
삶의 들, 삶의 바람, 삶의 불꽃에,
생명 지닌 들불은 번져 갔구나.

햇빛을 받고서는 해바라기의
꽃도 황금빛 띤 불길의 작은 갓.
불타 버려서 나도, 가슴 태우는
사랑의 불꽃 내린 하늘의 등잔,

天火盞

戀は、天照る日輪の<ruby>天照<rt>あまて</rt></ruby>る<ruby>日輪<rt>にちりん</rt></ruby>の

みづから焼けし蝋涙や、<ruby>蝋涙<rt>ろふるい</rt></ruby>や、

こぼれて、地に盲ひし子が<ruby>地<rt>つち</rt></ruby>に<ruby>盲<rt>し</rt></ruby>ひし子が

冷に閉ぢける胸の戸の<ruby>冷<rt>ひえ</rt></ruby>に<ruby>閉<rt>と</rt></ruby>ぢける胸の戸の

夢の隙より入りしもの。<ruby>隙<rt>すき</rt></ruby>より入りしもの。

夢は、夢なる野の小草、<ruby>小草<rt>をぐさ</rt></ruby>、

草が天さす隙間より<ruby>天<rt>あめ</rt></ruby>さす<ruby>隙間<rt>すきま</rt></ruby>より

おちし一點の火はもえて、<ruby>一點<rt>ひとつ</rt></ruby>の火はもえて、

生野、生風、生焰、<ruby>生野<rt>いくの</rt></ruby>、<ruby>生風<rt>いくかぜ</rt></ruby>、<ruby>生焰<rt>いくほむら</rt></ruby>、

いのちの野火はひろごりぬ。<ruby>野火<rt>のび</rt></ruby>はひろごりぬ。

日光うけては向日葵の<ruby>日光<rt>ひかげ</rt></ruby>うけては<ruby>向日葵<rt>ひぐるま</rt></ruby>の

花も黄金の火の小笠。<ruby>小笠<rt>をがさ</rt></ruby>。

焼かれて我も、胸もゆる<ruby>焼<rt>や</rt></ruby>かれて我も、胸もゆる

戀のほむらの天火盞、<ruby>天火盞<rt>あまほざら</rt></ruby>、

311

그대의 혼까지도 타 버렸구나.

君が魂をぞ焼きにける。

벽화

파괴가 살고 있는 예배당 안쪽,
신자들 무리 넘쳤던 먼 옛날의
영화롭던 색채를 여전히 지닌
벽화는 벽에 걸려 벌레 먹었네.
지나간 추억들은 나의 가슴속
벽화와도 같구나. 지지 않는 불
불꽃의 향과 기운 전달하면서,
침묵으로 드리운 사랑의 잔영.

오래된 벽화라고 깎아내리면,
끊임없는 믿음의 생명과 가치
무엇에 의지하여 드러내리오.
벌레 먹었다 해도 지난 추억의
실낱을 끊는다면, 어떠한 수로,
성스러움을 잇는 하늘나라 불
빛으로, 굳게 닫힌 사랑의 문에,

壁画

破壊_{は ゑ}が住みける堂の中、
讃者_{さんじや}群れにしいにしへの

さかえの色を猶とめて
壁畫_{かべゑ}は壁に虫ばみぬ。

おもひでこそは我胸の

かべゑなるらし。熄_きえぬ火の

炎_{ほむら}のかほり傳へつつ、

沈黙_{しゞま}に曳_ひける戀の影。

古_ふりぬと壁畫_{かべゑ}こぼちなば、

たえぬ信_{まこと}のいのちしも

何によりてか記_{しる}すべき。

蟲ばみぬとて思出の

糸をし斷たば、如何にして、

聖_{きよ}きをつなぐ天_{あめ}の火の

光に、かたき戀の戸に、

315

마음의 성을 지킨단 말이오.

心の城を守るべき。

불꽃의 궁전

여인은 높은 열에 시달리다가,
종언의 자리에서 소리치기를, ——
"나는 불꽃 이는 궁을 보았소.
궁전은, 처음에는 생명을 지닌
초록으로 불타는 젊은 불길이,
홀연히 돌변해 산 불 소용돌이,
붉은 용이 춤추는 하늘 높은 탑.
보소서 이제 다시 점점 마침내,
아아 내 남편이여, 신성하게도
촛대에 피어나는 노란색 꽃과
타오르는 불꽃인 나의 궁전을.
마침내는 녹아서 흰 빛을 내며
구름무리 비추는 해가 된다면,
그대를 감싸 안고 지상 세계에
하늘의 새 궁전이 설 수 있으리."

炎の宮

女は熱にをかされて、

終焉の床に叫ぶらく、──

『我は炎の宮を見き。

宮は、初めは生命の

緑にもゆる若き火の、

たちまちかはる生火渦、

赤龍をどる天塔や。

見ませ今はた漸々に、

ああ我が夫よ、神々し

御燭に咲く黄の花と

もゆる炎の我が宮を。

やがては融けて白光の

雲輪い照る日とならば、

君をつつみて地の上に

天の新宮立ちぬべし。』

"보소서,"라고 하여, "어디를."이라
물으니, "여기요,"라며, 새하얀 빛의
팔에다 안아 올린 옥 같은 가슴. ──
가슴은, 임종 때의 숨결이 깊고,
사랑의 파도, 또한 죽음의 파도
밀려왔다 나가는 두근거림을
비추는 것은 달의 하얀 그림자.

『見ませ、』と云ふに、『何處に、』と
問へば、『此處よ、』と、眞白なる
腕に抱く玉の胸。——

胸は、いまはの息深く、

愛の波、また死の波の

寄せてはかへすときめきを

照らすは月の白き影。

희망

1

버드나무 사이로 흐르는
달빛이 희미하게
이마 비추어, 뽀얗구나.
미약한 '희망'의 노래는,
모래벌판에 굴러다니는
젊은이의 고토 소리에 더해졌도다.

달빛은
조금 기울어졌네.
강버들에 바람 그쳤지.
생각하건대, 아아 나의 희망,
기울지 않아, 사그라지지 않아.
꿈을 꾼 뒤의, 서글픔은 어디로.

のぞみ

一

やなぎ洩る

月はかすかに

額(ぬか)を射て、ほの白し。

かすかなる『のぞみ』の歌は、

砂原にうちまろぶ

若人(わかうど)の琴にそひぬ。

つきかげは

やや傾ふきぬ。

川柳(かはやぎ)に風やみぬ。

おもへらく、ああ我が望み、

かたぶきぬ、衰ろへぬ。

夢のあと、あはれ何處(いづこ)。

2

달빛이
저물어 감에 따라,
하얀 이마 다시 숙였지.
아아 생명, 그것은 이 장미,
봉오리에 담긴 순식간의
아직 피지 않은 꿈의 색인가.

아니면 혹은,
탄식의 언덕 위에
문득 싹이 튼 꿈의 잡초,
뿌리를 담근 탄식이라는 물에
키워지면서, 슬픔의
희생물로 피는 노란 작은 꽃인가.

나의 희망,
(꿈의 기복,)

二

月かげの

沈むにつれて、

白き額また垂れぬ。

ああいのち、そはかの薔薇、

蕾なる束の間の

まだ咲かぬ夢の色か。

あるは又、

なげきの丘に

ふと萌えし夢小草、

根をひたすなげきの水に

培はれ、かなしみの

犠と咲く黄の小花か。

わが望み、

（夢の起伏、）

꿈이기에, 모래 위의

몸은 이미 꿈의 잔해,

기울지 않아, 사그라지지 않아.

꿈을 꾼 뒤의, 서글픔은 어디로.

3

달은 떨어져,

마음 가라앉고,

소리도 없는 어둠 속,

고토는 여전히, 남은 한 줄,

구름 가는 길에도 별이 하나,

'희망'을 지상에 세우지 않네.

수그린 고개,

전혀 들어올리지 않았지.

그가 말하기를, 나의 희망,

꿈이라면 영원한 세상의 꿈이여,

ゆめなれば、砂の上の
身は既に夢の残骸、

かたぶきぬ、おとろへぬ、

夢のあと、あはれいづく。

三

月落ちて、

心沈みて、

聲もなき暗の中、

琴は猶、のこる一絃、

雲路にも星一つ、

『のぞみ』をば地にたたず。

たれし額

ややにあがりぬ。

枯れは云ふ、わが望み

夢ならば永世の夢よ、

변천해 가는 '시간'의 그림자,

그 기복은 모두 꿈이라고.

젊은 사람은

끊겨 버린 악기 줄을

별빛으로 이어 가면서,

일어서서, 다시 기운차게

미소를 짓고, 모래의 들판

쫓아갔지, 생명의 그림자를.

うつり行く『時』の影、

起伏は皆夢ぞと。

わかうどは

きれたる絃（いと）を

星かげにつなぎつつ、

起（た）ちあがり、又勇ましく

ほほゑみて、砂の原

趁（お）ひ行きぬ、生命（いのち）の影を。

잠들어 버린 도시[22]

종이 울린다,
아주 장엄하게도,
밤은 무겁지, 시가지 위에.
소리는 모두 잠들어 버린 도시
내려다보면, 공포스러운
들판 사자의 죽음과 닮았도다.

흔들림 없는
안개의 큰 파도가,
하얗게 비친 달그림자에
얼어붙어서, 시가지 감싸누나.
항구에 있는 수많은 선박
그와 같이, 불빛 새어 나오네.

내려다보면,
잠들어 버린 도시,

眠れる都

鐘鳴りぬ、
いと荘厳に、
夜は重し、市の上。

聲は皆眠れる都
瞰下せば、すさまじき
野の獅子の死にも似たり。

ゆるぎなき
霧の巨浪、

白う照る月影に
氷りては、市を包みぬ。
港なる百船の、
それの如、燈影洩るる。

みおろせば、

眠れる都、

아아 이것은, 최후의 날에

가까워지는 피에 물든 성인가.

밤의 안개는, 무덤과 같아,

세상 모든 것 봉해 담는구나.

백만 명 넘는

지쳐 버린 사람들

잠이 든 듯해, 무덤 안에서.

하늘과 땅을 안개가 가르면서,

널리 비추는 달이 내는 빛

하늘의 꿈은 지상에 붓지 않아.

소리도 없이

잠들어 버린 도시,

적막한 고요 커다란

소리가 있어, 안개 사이사이로

감돌고 있는, 퍼지고 있는,

검은 바닷물 그 울림소리로.

ああこれや、最後の日
近づける血潮の城か。
夜の霧は、墓の如、
ものみなを封じ込めぬ。

百萬の

つかれの人は

眠るらし、墓の中。
天地を霧は隔てて、

照りわたる月かげは
天の夢地にそそがず。

聲もなき

ねむれる都、

しじまりの大いなる

聲ありて、霧のまにまに

ただよひぬ、ひろごりぬ、
黒潮のそのどよみと。

아아 소리는
낮의 들뜬 기운에
주눅이 들은 영혼이
고뇌하는 죄악의 신음인가.
아니면 혹은, 낮 동안 내내
싸우던 여운 남은 소리인가.

나의 창문은,
탁해지는 바다를
사방에 둘러치는 성과 같아서,
멀리서 오는 파도 두려워하는
시가의 심장 지켜 내면서,
달빛을 빈틈없이 들여 넣노라.

ああ聲は

晝のぞめきに

けおされしたましひの

打なやむ罪の唸りか。

さては又、ひねもすの

たたかひの名残の聲か。

我が窓は、

濁れる海を

遶らせる城の如、

遠寄に怖れまどへる

詩の胸守りつつ、

月光を隈なく入れぬ。

두 그림자

파도 소리의
음악에 젖어 가는
거친 바닷가 한밤의 모래,
밟으면서 나는 걸어갔었지.
검은 해원에 기울어지는
가을밤에 뜬 달은 둥글어.

슬쩍 봤더니,
새하얀 모래 위에
그림자 있어 선명하게도,
내 다리로 걸음을 옮겼더니,
그림자 또한 걸어오면서,
손 들었더니, 손마저 들더군.

멈추어 서니,
그도 또한 멈췄지.

二つの影

浪の音の
樂にふけ行く
荒磯邊の夜の砂、

打ふみて我は辿りぬ。

海原にかたぶける

秋の夜の月は圓し。

ふと見れば、

ましろき砂に

影ありて際やかに、

わが足の歩みはこべば、

影も亦歩みつつ、

手あぐれば、手さへあげぬ。

とどまれば、

彼もとまりぬ。

바라보지만, 말소리 없이

그저 나를 따라서 오기만 하네.

눈을 들어서, 하늘을 보면,

거기에 다시 빛나는 하나.

아아 두 모습,

그림자가 뭐라고.

그러던 사이, 하늘의 빛은,

꿈결과 같이, 사라졌네, 흘러갔네.

검은 해원에 달 들어가고,

지상의 빛도 보이지 않게 됐지.

나는 다시금

거친 바닷가에 홀로.

아아 어쩌지, 어디로 가서

사라졌는가, 그림자 둘은.

그건 모르겠군. 그저 여기에.

사라지지 않은 나, 홀로 서 있지.

見つむれど、言葉なく

ただ我に伴なひ来る。
とも　　　（きた）

目をあげて、空見れば、

そこにまた影ぞ一つ。

ああ二つ、
　　ふた

影や何なる。

とする間に、空の影、
　　　　ま

夢の如、消えぬ、流れぬ。

海原に月入りて、

地の影も見えずなりぬ。

我はまた

荒磯に一人。
ありそ

ああ如何に、いづこへと

消えにしや、影の二つは。

そは知らず。ただここに、

消えぬ我、ひとり立つかな。

꿈의 연회

1

환영이 풍겨 나는 꽃 색에 물든
어스름, 음력 사월, 밤은 깊어져,
봄의 사신과 같은 바람의 아이
부드러운 광택의 날개 깃털옷
꽃 가득 핀 가지에 벗어 걸고서,
단잠도 한창이던 동산의 안에,
천 그루 벚나무의 향기로운 꿈
어렴풋이 어렴풋, 달이 비추네.

2

여기요, 여기는 그 예쁜 옷자락
엉클어져 흔들린 꿈결의 파도
이끌며 지나가는 봄 아가씨가,

夢の宴

一

幻にほふ花染の
<ruby>朧<rt>おぼろ</rt></ruby>や、<ruby>卯月<rt>うつき</rt></ruby>、夜を深み、
春の<ruby>使<rt>つかひ</rt></ruby>の風の<ruby>児<rt>こ</rt></ruby>は
やはら<ruby>光翅<rt>つやば</rt></ruby>の羽衣を
花<ruby>充<rt>み</rt></ruby>つ枝にぬぎかけて、
<ruby>熟睡<rt>うまい</rt></ruby>もなかの<ruby>苑<rt>その</rt></ruby>の中、
<ruby>千株櫻<rt>ちもとざくら</rt></ruby>の香の夢の

おぼろをおぼろ、月ぞ照る。

二

ここよ、これかのおん<ruby>裾<rt>すそ</rt></ruby>の
<ruby>縺<rt>もつ</rt></ruby>れにゆらぐ夢の波

曳きて過ぎます春姫が、

함께하는 꽃 여인네들 모아서,
내일 있을 정화로 도달하는 길
평가하고 정하는 봄날의 성城 안.
봄날은 해 뜨거운 들판이 아닌
꿈을 꾸고 꿈 세계 뒤쫓는 시기.

3

그러니, 온갖 가지 꽃 덮은 의상,
새로운 빛 만드는 벚꽃나무의
그 빛에 들떠있는 찬송의 말도
소리 없는 꿈속의 소리로 하여,
그 향기, 또 그것은, 이 나라의
온기이자, 노래요, 색채의 파도.
동그랗게 하늘에 뜬 저 달빛은
춤추는 소리 없는 어스름이지.

供奉の花つ女つどはせて、

明日の浄化のみちすじを

評定したまふ春の城。

春は日ざかる野にあらで

夢みて夢を趁ふところ。

三

さりや、萬枝の花衣、

新映つくる櫻樹の

かげに漂ふ讚頌も

聲なき夢の聲にして、

かほり、はたそれ、この國の

温みよ、歌よ、彩波よ。

まろらの天の影こそは

舞ふに音なきおぼろなれ。

4

'매화'는 북쪽 해변 어부의 문에.
'버드나무'는, 예쁜 얼굴 통통한
바람 아이 이끌고, 저 들판가의
하이쿠俳句23 짓는 노인의 문 찾는다.
'벚꽃'과 '복사꽃'이 후위後衛에 있는
소녀들을 이리로 모이게 하여,
평가하고 정한 뒤 아가씨 신神의
하명이 제각각에 내려졌으니,
오늘밤의 이별이, 이제 왔다며,
꿈속 아주 깊은 환락이 열린
연회는 이 봄날의 생명이로다.
하얀 은과 황금빛 산뜻하게도
모이라는 새 피리 살짝 울리니,
동산에서는 '벚꽃' 선봉장부터
나부끼는 천계의 꿈결의 노래.

四

『梅』は北濱海人が戸へ。

『柳』は、玉頰ゆたかなる

風の児を率て、狹野の邊の

發句の翁の門を訪へ。

『さくら』と『桃』は殿軍の

女の子をここにつどへよと、

評定のあとに姫神の

下知それぞれにありぬれば、

今宵のわかれ、いざやとて、

夢いと深き歡樂の

宴は春のいのちかも。

しろがね黄金すずやかに

つどひの鳥笛仄に鳴り、

苑は『さくら』の音頭より

ゆるる天部の夢の歌。

5

보노라면, 가득 핀 꿈결의 꽃들,

벚꽃 그늘로부터 피는 향기에

모이고 밀려오는 것의 그림자, ──

온화한 영혼, 사람의 잠에게서

도망쳐, 잠시 동안 방황하는가, ──

발걸음도 가볍게, 부드럽게,

발바닥이 땅에서 떨어지면서,

적나라하고 고운 살결 새하얀

젖가슴에 풍부히 달을 마시고,

백 사람에, 천 사람, 아니 만 사람,

저요 저요 하면서 봄 아가씨를

모실 사람 뽑기에 들어갔는지,

모이고 밀려와서, 이윽고 이곳

꽃의 여인들과도 어울리면서,

춤추고, 노래하며, 부끄럼 없는

꿈결의 동산에서 흥겨운 한때.

五

見れば、咲きみつ夢の花、

櫻のかげの匂ひより

つどひ寄せたるものの影、——

和魂、人のうまいより
（にぎたま）

のがれて、暫し道遙ふか、——
（さまよ）

あゆみ軽らに、やはらかに、
（かろ）

蹠　つちをはなれつつ、
（あなうら）

裸々の美肌ましろなる
（らら）（うまはだ）

乳房ゆたかに月吸ひて、
（ちぶさ）（す）

百人、千人、萬人、
（もゝたり）（ちたり）（よろづたり）

我も我もと春姫が

小姓の選に入らむとか、
（こしやう）（えり）

つどひよせては、やがてかの

花の女どもに交りつつ、
（め）（まじ）

舞よ、謡よ、恥もなき
（まひ）（うたひ）（はぢ）

ゆめの苑生の興なかば。
（そのふ）（きやう）

347

6

엉켰다가, 풀렸다, 돌기도 하며,
노래의 색깔 실을 되감게 하는
춤추는 꽃의 원은, 이것이 바로
감겼다가 펴지는 봄날 한밤의
즐거운 꿈결 속의 파도였구나.
파도의 오르내림 몸에 익히고
춤추면, 노래하면, 잠깐 동안도
잠자는 침상에서 도망쳐 나온
온화한 영혼 그저 조화 이루며,
꿈은 시간이 없는 시간이므로
(아아 그냥 생이 아닌 영생이지)
돌아오기를 잊고, 그저 오로지
하늘의 춤 꽃 노래 꿈결의 사람.
달은 어슴프레해, 꽃도 어스름,
어슴프레한 장막 땅에 드리워,
지금 하늘과 땅의 간격마저도

六

もつれつ、とけつ、めぐりつつ、

歌の彩絲(あやいとま)捲きかへす

舞の花輪(はなわ)は、これやこれ

捲きてはひらく春宵の

たのしき夢の波ならし。

浪の起伏(おきふし)身にしめて

舞へば、うたへば、暫しとて

眠りの床をのがれ来(こ)し

和魂(にぎたま)ただになごみつつ、

夢は時なき時なれば、

(ああ生(せい)ならぬ永生(えいせい)よ)

かへるを忘れ、ひたぶるに

天舞花唱(てんぶくわせう)の夢の人。

月はおぼろに、花おぼろ、

おぼろの帳(とばり)地にたれて、

いま天地の隔てさへ

꿈꾸는 마음으로 녹아 사라져,
영원을 잠시 보인 하늘의 동산.

7

달이 비스듬해져, 춤에 싫증나,
쾌락마저 마침내 저물어 가니,
보라, 몇몇의 무리, 몇십의 무리,
세 사람, 다섯 사람, 모여들면서,
노래의 소리 없는 울림에 의해
흔들려서 떨어져 내린 꽃잎에
초록빛의 머리칼 살짝 하이얀
꽃의 어슴프레한 흐름이 되어,
안타까운 기색도 없이 날개옷
땅바닥에 깔고는, 꽃의 정령과,
또 사람의 정령이, 모두 다 같이
꿈길로 깊이 들어 다정한 얘기.
어느 정령 잠결에 바람의 아이

ゆめの心にとけうせて、

永遠を暫しの天の苑。

七

月は斜めに、舞倦じ、

快樂やうやう傾ぶけば、

見よや、幾群、いくそ群、

みたり、五人、つどひつつ、

歌の音なきどよみにか

ゆられて降れる葩に

みどりの髪をほの白き

花のおぼろの流れとし、

惜しむ氣もなく羽衣を

土に布きては、花の精、

また人の精、ともどもに

夢路深入る睦語。

或は熟睡の風の児が

복스러운 얼굴에 손가락 대어,

놀라서 잠을 깨는 아이 얼굴을

"어머, 웃지 마" 하고 미소지으며,

어느 '버드나무' 정령의 등 뒤로

머리칼처럼 드리운 가지, 휘영청

벚나무 꽃가지로 서로 묶고는,

"봐봐 이것은 사랑의 포로"라며

젖가슴 꾹 누르며 장단 부추겨.

아아 환영의 모습 맑고 선명한

여기는, 정화되는 사랑의 성 안.

8

이때 곁에 모시던 여인 한 명이,

향기도 매력적인 둥근 어깨의

머리칼을 내려서 흐르는 꽃잎

살짝 털어내면서, 이야기하길,

"아아 이 잠 속 세상 꿈결의 연회

ふくらの頰に指ついて、

驚き覚むる児が顔を

『あら、笑止や』と笑つくり、

或は『柳』の精が背の

枝垂の髮を、たわわなる

さくらの枝に結びては、

『見よこれ戀のとらはれ』と

乳房をさへて打囃す。

ああ幻のきよらなる

ここや、淨化の愛の城。

八

この時ひとり供奉の女が、

匂ひなまめく圓肩の

髮を滴だるはなびらを

そと拂ひつつ、語るらく、

『ああこのうまし夢の宴

353

지나고 몇 날인가 그 뒤의 밤에,
꿈꾸는 마음 그 후에 송두리째
뜨거운 한여름의 불 같은 방에
타 버린 흔적 어찌 해야 하나" 하고.
묻자마자, 곧바로 어여쁜 '벚꽃'
살집도 풍만한 가슴 돌리며,
"아아 서글픔이여, 이 운명이여,
꿈결은 너희들의 벗이 아니니.
웃음, 어슴푸레함, 사랑, 향기여,
자 자 이제, 다시금 한바탕 더,
봄날의 새 출발에, 지금 이 밤의
이별에 춤을 추고, 노래하라"고,
일어서니, "그렇지" 하고, 또 도는
꿈의 물결이 진정 봄의 소리지.

9

이리하여, 마침내 밤은 끝나고,

すぎて幾夜のそのあとよ、

ゆめの心のあとは皆
あつき眞夏の火の室に

やかれむのちの如何にぞ』と。

きくや、忽ち花『さくら』
肉ゆたかなる胸そらし、

『ああ悲しみよ、運命よ、
夢は汝等の友ならず。

笑よ、おぼろよ、愛よ、香よ、

いで今、更に一さしを、

春の門出に、この宵の

わかれに舞うて、うたへよ』と、

立てば、『げにも』と、まためぐる
夢の波こそ春の音や。

九

かくて、やうやう夜はくだち、

자꾸만 돌아보는 온화한 영혼

뿔뿔이 헤어지며, 아가씨 신이

꽃의 장막을 두른 옥 같은 수레

장단을 새롭게 다시 했으니,

바람의 아이 먼저 벗어 두었던

광택 있는 깃털의 날개옷 입고,

황금빛의 숨결을 토해 내는가,

아침 부르는 종소리 낭랑하게도

꽃이 꾸는 꿈들을 깨워 가면서,

"정화하는 그 길에 행복 있으라

빛이 있으라" 하며, 한바탕 모든

지면에 담홍색의 꽃을 물들인

비단을 깔아 두고 축복하는 벗꽃.

동녘의 하늘에서 서서히 밝게

봄날 햇살의 빛이 흘러넘치네.

かへり見がちに和魂の

わかれわかれて、姫神が
花幄幕の玉輦

よそひ新たになりぬれば、

風の児はまづ脱ぎ置きし
光ある羽の衣をきて、

黄金の息を吹き出すや、

朝よぶ鐘の朗々と

花のゆめをばさましつつ、
『浄化の路に幸あまれ

光あまれ』と、ひとしきり
つちに淡紅なる花摺りの
錦布き祝ぐ櫻花。

東の空にほのぼのと

春の光は溢れける。

가시나무 관

은초는 휘황하고, 포도주는 향그러우며,
옥 장식 꽃 소매 사람들 모두 취해 있구나.
깊어 가는 밤도 잊고, 술잔을 드는
여기 이것은 환락이 끊이지 않는 여름의 연회.
사람들 모두 황금빛 빛나는 관을 쓰고,
세상의 부유함을, 영화로움을 모아 두었으니,
아아 보라, 청자의 꽃병, 백합의 꽃
시들어서 불빛에 고개 숙인, 무슨 모습인가.

바라는 것은 대신ㅊ쯴이여, 들에 핀 깨끗한 꽃은
그저 들판의 가시나무 잎 그늘에 버려두시오.
야생의 숨김 없는 아름다운 꽃의 긍지,
그것은 당신, 이 밤의 연회에 맡겨 두어야 하며
너무도 가난하고, 작으니. 용서하오 당신,
순수에 어울리는 것은 가시나무 관뿐임을.

うばらの冠

銀燭まばゆく、葡萄の酒は薫じ、

玉装花袖の人皆酔ひにけらし。

ふけ行く夜をも忘じて、盃をあぐる。

こやこれ歓樂つきせぬ夏の宴。

人皆黄金のかがやく冠つけて、

天下の富をば、華榮をばあつめぬるに、

ああ見よ、青磁の花瓶、百合の花の

萎れて火影にうつむく、何の姿。

願ふは大臣よ、野に咲く清き花は

ただ野の茨の葉蔭に捨てて置けよ。

野生の裸々なる美し花の矜り、

そは君、この夜の宴にあづかるべく

あまりに貧しく、小さし。許せ君よ、

清きにふさふはうばらの冠のみぞ。

마음의 소리(일곱 편)心の聲(七章)

번갯불

어둠을 갈라 대는 번갯불의
꽃이여, 광선이여, 순식간이여,
흘러가니 사라진 뒤는 모르고,
어둠 벌어진 흔적 남기지 않아.

가 버렸지만, 멀리 흘러갔지만,
짧은 순간, ──오로지 순간의 섬광
덧없는 그림자와, 옳거니, 그저 '그림자'로
보기라도 하면, 얼마나 우리들 이 인생
사는 맛마저 자랑할 가치마저,
의지하기 어려운 약속처럼
헛되고 허무한 꿈이겠는가.

일어서니, 가을 오는 언덕 위,
어둠 몇 번이나 세차게 찢기다,
다시 서로 꿰매지다, 번갯불의

電光

暗<ruby>やみ</ruby>をつんざく電光<ruby>いなづま</ruby>の

花よ、光よ、またたきよ、

流れて消えてあと知らず、

暗の綻<ruby>ほころ</ruby>び跡とめず。

去りしを、遠く流れしを、

束<ruby>つか</ruby>の間<ruby>ま</ruby>、——ただ瞬きの閃<ruby>ひら</ruby>めきの

はかなき影と、さなりよ、ただ『影』と

見もせば、如何に我等の此生<ruby>このせい</ruby>の

味<ruby>あぢ</ruby>さへほこる値<ruby>あたひ</ruby>さへ、

たのみ難なき約束<ruby>かねごと</ruby>の

空<ruby>あだ</ruby>なる無<ruby>む</ruby>なる夢ならし。

立てば、秋くる丘の上、

暗いくたびかつんざかれ、

またぬひあはされて、電光<ruby>いなづま</ruby>の

꽃이여, 빛의 꼬리는 길고,

빠르며 차갑게, 종횡으로

서쪽으로 동쪽으로 번쩍이더라.

보라, 강철색 하늘 깊이

빛을 잉태했는가, 아아 어둠은

빛을 낳는가, 아니리 아니리.

죽음 없고, 삶 없는, 이 세계,

불멸은 그저 흘러가노라.

아아 내 고개 저절로 숙여지누나.

그 짧은 순간의 빛조차

'영원'의 사슬이요, 무한한 큰 바다

기슭 없는 파도에 헤엄치는 '순간'이요.

빛 위에, 다시 꿈 위에는

무엇이 설 수 있으리. 다음 세상의 번영이라는

그조차 마침내 헛된 약속인가.

그저 지금 우리의 '지금'은,

영원한, 무한한, 힘 있는,

花や、光の尾は長く、

疾く冷やかに、縦横に

西に東にきらめきぬ。

見よ、鐵色の空深く

光孕むか、ああ暗は

光を生むか、あらずあらず。

死なし、生なし、この世界、

不滅ぞただに流るるよ。

ああ我が頭おのづと垂るるかな。

かの束の間の光だに

『永遠』の鎖よ、無限の大海の

岸なき波に泳げる『瞬時』よ。

影の上、また夢の上に

何か建つべき。来ん世の榮と云ふ

それさへ遂にあだなるかねごとか。

ただ今我等『今』こそは、

とはの、無限の、力なる、

그림자에 없는 빛이라 생각하면,

져 버린 꽃도, 떨어져 갈 일 없는

날조차, 저절로 가슴 깊이

광채 빛나고, 웃음 가득하니,

흔적 없는 흔적 생각만으로도

극치의 기쁜 눈물 손에 넘치고,

발길 가고, 눈이 향하는 곳,

거대한 길 저 멀리까지

우리 앞에 펼쳐지리라.

影にしあらぬ光と思ほへば、

散りせぬ花を、落ち行く事のなき

日も、おのづから胸ふかく

にほひ耀き、笑み足りて、

跡なき跡を思ふにも

随喜の涙手にあまり、

足行き、眼むく所、

大いなる道はろばろと

我等の前にひらくかな。

축제의 밤

춤을 추는 군중의 커다란 물결,
술에, 화려한 옷에, 떠들썩함에,
시가지 축제 열린 깊은 한밤에,
나는 시름 걱정에 뒤쫓기면서,
가을의 안개 들판 정처도 없이
옷자락도 무겁게 방황하누나.

발걸음을 따라서, 바짝 다가온
안개는 점점 더 두껍게 닫히고,
안개를 헤쳐 오는 시가지 사람
축제의 웅성거림, 조금씩 점점
끊어지기도 하며 멀어지누나.

이윽고 이름 없는 언덕 위에서,
나는 멈추어 섰지, 묘비석처럼. ──
밀려오고 밀려오는 안개의 물결,

祭の夜

踊りの群の大なだれ、
酒に、晴着に、どよめきに、
市の祭の夜の半ば、
我は愁ひに追はれつつ、
秋の霧野をあてもなく
袂も重くさまよひぬ。

歩みにつれて、迫りくる
霧はますます深く閉ぢ、
霧をわけくる市人の
祭のどよみ、漸々に
とだえもすべう遠のきぬ。

やがて名もなき丘の上、
我はとまりぬ、墓石と。──
寄せては寄する霧の波、

그 물마루와 함께 소리도 없이
흔들리는 참억새 앞으로 뒤로,
나를 휘둘러 싸는, 성과 같구나.

축제의 모든 소리 사라져 가고,
여기 위대한 소리 가득 차노라.
축제의 모든 사람이 알지 못한
이곳에 서 있구나, 신과 나만이.

나는 무릎을 꿇고, 소리 높여서
기도하노라, "아아 나의 신이여,
그대 섬기고 있는 시가지 사람
춤과 음악의 마당 가려고 않고,
어찌하여, 연약한 이내 신세를
쓸쓸한 언덕에서 기다리셨소.
말하시오, 말하시오, 무슨 말이든
들을 수 있는 것은 나뿐이오니.
나는 그대 충실한 하인이오,"라고.

その波の穂と音もなく
なびく尾花は前後、

我をめぐりぬ、城の如。

すべての聲は消え去りて、
ここに大なる聲充てり。

すべての人はえも知らぬ

ここに立ちたれ神と我。

我ひざまづき、聲あげて

祈りぬ、『あはれ我が神よ、
爾を祭る市人の

舞樂の庭に行きはせで、

などかは、弱きこの我を

さびしき丘に待ちはせし。

語れよ、語れ、何事も

きくべきものは我のみぞ。
我は爾の僕よ、』と。

답하는 목소리인가, 강렬하고도

(힘이 넘치는구나,) 짙은 안개는

스무 겹으로 감네, 나의 가슴을.

答ふる聲か、犇々と
（力あるかな、）深霧は
二十重に捲きぬ、我が胸を。

새벽 안개

단잠의 자리를 도망쳐 가는
꿈과의 이별에 몸도 깨어나,
일어나 아침의 문에 기대니,
시가지 주택들의 가을 마당
닫혀 있던 안개가 바짝바짝
다가와서, 가슴에 감겨 온다.

아아 맑고 깨끗한 꿈속의 사람,
혼탁한 항간에서 움직인 탓에
먼지로 일어나니, 지금 잠시,
네가 지닌 생명의 청정함을
긍지로 여기라고, 안개가
다가와 영혼을 감싸는구나.

暁霧

熟睡（うまい）の床をのがれ行く

夢のわかれに身も覺（さ）めて、

起きてあしたの戸に凭（よ）れば、

市の住居（すまゐ）の秋の庭

閉（と）ぢぬる霧の犇々（ひしひし）と

迫りて、胸にい捲き寄る。

ああ清らなる夢の人、

濁（にご）る巷（ちまた）の活動（くわつどう）の

塵に立つべく、今暫し、

汝（な）が生命（せいめい）の浄（きよ）まりの

矜（ほこ）り思へと、霧こそは

寄せて魂（たま）をし包むかな。

낙엽의 연기

푸른 오동, 단풍나무, 후박나무의
낙엽을 그러모아, 아침 마당서,
태우면, 가을 가는 곳의 끝까지,
연기는 한 줄기로 쓸쓸하게도
파란 소용돌이의 기둥 삼아서,
하늘의 한가운데 가리키누나.

아아 미소를 짓는 약한 바람에
흔들어 일으켜진 봄의 햇살아,
또한 동경을 하는 여름 한낮의
해 작렬하는 마당에, 초록의 생명
기세 품은 빛깔을 불타게 하던
영화로움, 어디로. ——사라졌구나,
지나 버린, 사멸한, 꿈결의 흔적.
이제 그저 식어 버린 재만 남기고,
오르는 연기마저, 보라 이윽고,

落葉の煙

青桐、　楓、朴の木の
[あをぎり　かへで　ほう]

落葉あつめて、朝の庭、
[おちば]

焚けば、秋行くところまで、
[た]

けむり一條蕭條と
[ひとすぢしやうでう]

蒼小渦の柱して、
[さいうづ　はしら]

天のもなかを指ざしぬ。
[あめ]

ああほほゑみの和風に
[やはかぜ]

揺りおこされし春の日や、
[ゆ]

またあこがれの夏の日の

日熾る庭に、生命の
[ひざか]

きほひの色をもやしける

榮や、如何に。——消えうせぬ、
[さかえ]

過ぎぬ、ほろびぬ、夢のあと。

今ただ冷ゆる灰のこし、
[はい]

のぼる煙も、見よやがて、

지면을 떠나서는, 사라져 가네. ──

이것은 온갖 기쁨 물거품들이
사라진 탄식인가, 슬픔이던가.
그렇지만, 그래도, 사람아 지금
잠깐 동안 눈물을 참아 보면서,
생각하지 않겠나, 이 한 줄기의
사라지는 연기가 남긴 흔적을.

봄이 있었고, 또한 여름 있었지. ──
그 새로운 심정은, 짙은 초록색,
다시금, 영원토록 이곳은 찾아오지 않을까.
혹여 안 올 수도 있겠지. 그렇기라도 하다면,
이 잎을 싹틔우고, 빛을, 생명을
부여해 준 힘, 아아 그 '힘', 역시,
지금 이 사라지는 연기와 더불어
사라지고, 사멸하여, 흔적 없는가.
보이는 것이라면 사라지기도 하겠지,

地をはなれて、消えて行く。──

これよろこびのうたかたの

消ゆる嘆きか、悲しみか。

さあれど、然れど、人よ今

しばし涙を抑へつつ、

思はずや、この一條の

きゆる煙のあとの跡。

春ありき、また夏ありき。──

その新心地、深緑、

再び、永遠にここには訪ひ来ぬや。

よし来ずもあれ。さもあらば、

この葉を萌やし、光を、生命を

あたへし力、ああ其『力』、また、

今この消ゆる煙ともろともに

消えて、ほろびて、あとなきか。

見ゆるものこそ消えもすれ、

보이지 않는 빛은, 어디로
사라져야 할까, 어찌 숨어야 할까.

그러면, 그저 이 고엽마저,
흐린 연기마저, 다 사라져 가고,
도리어 보이지 않는, 거대하고
높은 권능과 같이 더불어,
모든 끊이지 않는 생명의
깊은 곳 빛의 옷으로 녹아드는
불후의 생명을 갖지 않을까.

사람아, 별안간 '그렇다'고
답하지 말지어다. 그래도 이렇게
생각하며, 지금 사라져 가는
연기를 보는 것조차, 어슴프레한
눈물의 계곡으로 떨어뜨려야 할,
우리들 생명이 너무도 소중함을
그 가치 대단함을 느끼지 못할까.

見えざる光、いづこにか

消ゆべき、いかに隠るべき。

さらば、ただこの枯葉さへ、

薄煙<rt>うすけむり</rt>さへ、消えさりて、

却りて見えぬ<rt>かへ</rt>、大いなる

高き力ともろともに、

渾<rt>すべ</rt>ての絶えぬ生命の

奥の光被<rt>くわうひ</rt>に融けて入<rt>と</rt>る

不朽のいのち持たざるか。

人よ、にはかに『然<rt>さ</rt>なり』とは

答ふる勿れ。されどかく

思ふて、今し消えて行く

けむり見るだに、うす暗き

涙の谷<rt>たに</rt>に落とすべく、

われらのいのちあまりに尊ときを

値多きを感ぜずや。

오래된 술병

두드리면 탕탕 소리도 거친
거친 질그릇, 서글퍼라, 손때 묻은 오래된 술병,
따라 부어라, 찌끼까지, 자 이제 같이
겨울의 추운 밤을 웃자꾸나.

오늘밤 눈이 내리는구나, 세상의 죄
쌓여 가는 것처럼, 쉴 새 없이 눈은 내리는구나.
부서진 암자에 문도 없이 사는 나이기에,
아내이고, 자식이로다, 아아 너만이.

웃으려무나, 시골 술에 한번 취하는 것은
추위도 가난도 침범치 못하는 나의 궁전이니.
가라, 가라, 눈물, 슬픔아,
웃는 게 좋겠구나 오래된 술병.

세상의 죄 땅에 쌓이는 것처럼,

古瓶子

うてば坎々音さぶる
素燒の、あはれ、煤びし古瓶子、
注げや、滓まで、いざともに
冬の夜寒を笑ひなむ。

今宵雪降る。世の罪の
かさむが如く、暇なく雪は降る。
破庵戸もなき我なれば、
妻なり、子なり、ああ汝。

わらへよ、村酒一醉は
寒さも貧もをかさぬ我が宮ぞ。

去れ、去れ、涙、かなしみよ、
笑ふによろし古瓶子。

世の罪つちに重む如、

383

내렸구나, 쌓였구나, 황야에 밤의 눈.

눈은 방으로까지 춤추며 들어와

촛대에 켠 불 꺼져 버리리.

술이 벌써 없는가, 그래도 좋지,

재가 되어 버린, 차가운 난로 장작도, 벌써.

괜찮아, 괜찮아, 그렇다면 오래된 술병,

너를 베개 삼아 세상 밖의 꿈을 꾸련다.

ふりぬ、つもりぬ、荒野の夜の雪。

雪は座^ざにまで舞ひ入りて

燭臺^{しよくだい}のともし盡^つさなんず。

酒早やなきか、それもよし、

灰となりぬる、寒爐^{かんろ}の薪^{まき}も、早や。

よし、よし、さらば古瓶子、

汝^{なれ}を枕に世外^{せぐわい}の夢を見む。

구제의 밧줄

번잡스러운 세상의 어두운 길에,

아아 나는, 머나먼 사랑도 얻지 못하고,

미치기에는 너무도 초라한 몸이기에,

그저 '죽음'의 바다엔가, 영원한

위안이여, 진주처럼 빛난다 해도

소용돌이치는 검은 바닷물 속을 보면서,

뛰어들려는 찰나를, 꽉 하고,

나를 붙들어 바위 위에 앉힌

아아 그 힘이여, 믿음의 손길

구제의 밧줄인 줄, 지금 알았구나.

救済の綱

わづらはしき世の暗の路に、

ああ我れ、久遠(をん)の戀もえなく、

狂ふにあまりに小さき身(ち)ゆゑ、

ただ『死』の海にか、とこしへなる

安慰よ、眞珠(またま)と光らむとて、

渦巻(うづま)く黒潮(くろしほ)下(した)に見つつ、

飛(と)ばむの刹那(せつな)を、犇(ひし)と許(ばか)り、

我をば搦(から)めて巌(いは)に据(す)ゑし

ああその力(ちから)よ、信(しん)のみ手の

救濟(すくひ)の綱(つな)とは、今ぞ知りぬ。

나팔꽃

아아 백 년이나 되는 긴 목숨도
어두운 감옥이면 무슨 소용이리.
깨어나 광명 속에 살아갈 수 있는,
오히려 그 하루의 영광을 바라지.

잠들지 못하는 밤의 번민에
혼미하고 어지럽게 서 있는 아침 문에서,
(이것도 자애로운 빛이 주는 미소지,)
나팔꽃을 보고 나는 울었노라.

あさがほ

ああ百年の長命も

暗の牢舎に何かせむ。

醒めて光明に生くるべく、

むしろ一日の榮願ふ。

寝がての夜のわづらひに

昏耗けて立てる朝の門、

（これも慈光のほほゑみよ、）

朝顔を見て我は泣く。

흰 고니

시름 있는 날이면, 무척 슬퍼서
고니가 우는 소리 참기 어려워,
물가에 있는 새장 문을 열어서
놓아주니, 서글퍼, 희고 어여쁜
연꽃 같은 배 가는 모습이라니,
날갯짓 조용하게, 가을 향기가
맑아져 구름 없는 푸른 하늘을,
보라, 빛이 뚜두둑 떨어지는 듯,
새하얀 그림자가 떠도는구나.

아아 지상의 비가悲歌를 생명 삼는 게
어린 시절의 내가 꾼 꿈이었지.
깊게도 담겨 있는 하늘의 바다
일미一味24의 가슴속에 놓아준 것을
흰 고니에게 무슨 원망하리오.
떨어지면 하늘 길 노래를 듣고,

390

白鵠

愁ひある日を、うら悲し
鵠の啼く音の堪へがたく、
水際の鳥屋の戸をあけて
放てば、あはれ、白砂の
蓮の花船行くさまや、
羽搏ち静かに、秋の香の
澄みて雲なき青空を、

見よや、光のしただりと、

眞白き影ぞさまよへる。

ああ地の悲歌をいのちとは

をさなき我の夢なりし。
ひたりも深き天の海
一味のむねに放ちしを
白鵠に何うらむべき。
落す天路の歌をきき、

새하얀 빛을 위로 쳐다보고는,

오히려 자유롭게 떠도는 걸음

방해물이 없음을 부러워하네.

ましろき影をあふぎては、

寧ろ自由なる逍遥の

遮りなきを羨まむ。

우산의 주인

버드나무 문 앞에 서성이노니,
가슴속 깊은 데서 치는 것 같은
종소리가 자아낸 가랑비 자락에
젖어 버려, 쓸쓸한 가을 해 질 녘,
비단결 보랏빛의 움푹 높다란
작은 우산 비스듬, 그대가 왔네.
예전부터 꿈속을 떠돌아 다닌
마음도 다정하신 그대이기에,
발걸음은 느릿한 굽 높은 게타下駄25,
그 소리에 내 마음 싱숭생숭해,
위를 향해 꾹 감은 눈동자에는
연보라색 감도는 안개가 피어.

소매라도 흔들면, 살짝 떨리는
두 손을 모아 놓은 가슴 위에서,
말도 안 떨어지고, 손도 안 대고,

傘のぬし

柳(やなぎ)の門(かど)にただずめば、

胸の奥より撞(つ)くに似る

鐘がさそひし細雨(ほそあめ)に

ぬれて、淋しき秋の暮、

絹(きぬ)むらさきの深張(ふかばり)の

小傘(をがさ)を斜(はす)に、君は来ぬ。

もとより夢のさまよひの

心やさしき君なれば、

あゆみはゆるき駒下駄(こまげた)の、

その音に胸はきざまれて、

うつむきとづる眼には

仄(ほの)むらさきの靄(もや)わきぬ。

袖やふるると、をののぎの

もろ手を置ける胸の上、

言葉も落ちず、手もふれず、

발걸음은 느릿한 굽 높은 게타

그 소리 알아채니, 그대 지나가.

아아 사람도 없는 마을 길에서

돌아보지도 않는 우산 주인을,

마음 아파하면서 배웅을 하니,

보라색 아지랑이 드디어 점점

색 바래, 초승달이 들판에 나온

하늘의 촉촉함도 눈에 들어와,

버드나무 물방울 서늘하게

차가워진 내 뺨에 떨어지누나.

歩みはゆるき駒下駄の

その音に知れば、君過ぎぬ。

ああ人もなき村路に

かへり見もせぬ傘の主、

心いためて見送れば、

むらさきの靄やうやうに

あせて、新月野にいづる。

空のうるみも目に添ひつ、

柳の雫ひややかに

冷えし我が頬に落ちにける。

떨어진 빗

완만한 물가 저녁 거닐다 보니
모래에 떨어져 있는 굴 껍데기들
주워서 들어 보니, 새빨간 빛깔
돛을 달고 가 버린 붉은 칠한 배
오래된 소식들도 담겨 있다는
푸른 바닷물 멀리 저기 남쪽의
바다가 우는 소리도 울리는구나.
고성古城의 정원 솔방울에 붙은
흙 털어내고 귀 가까이에 대니,
백 년이나 지나간 그 옛날 옛적
주홍색 난간을 돌아보게 만드는
전당殿堂의 밤 두꺼운 발 드리운 안,
물떼새 수를 놓은 우아한 비단
불을 켜둔 초롱에 걸쳐 두고서,
가슴속 숨은 사랑 울던 아가씨
일곱 자나 늘어진 가을 머리칼

落櫛

磯回の夕のさまよひに

砂に落ちたる牡蠣の殻

拾うて聞けば、紅の

帆かけていにし曽保船の

ふるき便もこもるとふ

青潮遠きみむなみの

海の鳴る音もひびくとか。

古城の庭に松笠の

土をはらふて耳にせば、

もも年過ぎしその昔の

朱の欄めくらせる

殿の夜深き御簾の中、

千鳥縫ひたる匂ひ衣

行燈の灯にうちかけて、

胸の秘戀泣く姫が

七　尺落つる秋髪の

흐느낌에 불어온 소나무 바람

작은 울음소리에 건너오누나.

아아 그것은 그대 소중한 가슴,

푸른 바닷물 멀리 저기 남쪽의

바다에도 없었고, 백 년의 세월

오래된 꿈속에도 없었던 것을,

어찌하여, 드높은 저편 기슭의

들여다보기 힘든 동산과 같이,

소식도 전혀 없는 두 해 동안을

안개 핀 저편으로 숨겨두었나.

그대가 저녁마다 방황을 하는

여기 벚나무 아래 그늘 속에서,

오늘밤 어스름밤 음력 십육일

달에 이끌려서 와 보았더니,

다정하고 부드런 여린 어깨에

흘러넘쳐 향기를 더해 주었던

떨어진 꽃잎이여, 땅에 깔려서,

마치 꿈결인 듯이 희뿌연 하양

慄ひを吹きし松の風

かすけき聲にわたるとか。

ああさは君が玉の胸、

青潮遠き南の

海にもあらず、ももとせの

古き夢にもあらなくに、

などかは、高き彼岸の

うかがひ難き園の如、

消息もなきふた年を

靄のかなたに秘めたるや。

君夕毎にさまよへる

ここの櫻の下蔭に、

今宵おぼろ夜十六夜の

月にひかれて来て見れば、

なよびやかなる弱肩に

こぼれて匂ひ添へにけむ

落葩よ、地に布きて、

夢の如くもほの白き

그 속에서 빛나는 파도의 모습, ──
황금색 뿌린 그림 도드라지게
아아 이건 그대가 떨어뜨린 빗.
흐느끼던 심정에 눈을 감고서,
주워 올려 귓가에 대어 보지만,
그대 바다와 같은 꽃의 바닷물
울림 들리지 않고, 검은 머리가
보이지 않는 동요에 숨겨 두었던
그 심정마저도 알 수 없거늘.
번민하며 가슴에 끌어안고서
우노라니, 수많은 빗살 살아나,
무엇을 원망하는 뱀이었던가,
아아 이 년 동안의 쓸쓸함 속에
정념의 불 그릇이 화르르 타올라
야위어 버린 가슴 휘휘 감았네.

中にかがやく波の形、——

黄金の蒔繪あざやかに

ああこれ君が落櫛よ。

わななきごころ目を瞑ちて、

ひろうて耳にあてぬれど、

君が海なる花潮の

響きもきかず、黒髪の

見せぬゆらぎに秘め玉ふ

み心さへもえも知らね。

まどひて胸にかき抱き

泣けば、百の歯皆生きて、

何をうらみの蛇や、

ああ二とせのわびしらに

なさけの火盞もえもえて

痩せにし胸を捲きしむる、

샘물

숲속의 잎 익히는 여름 뙤약볕

반짝거리는 길의 방황이런가,

지쳐서 들어갔던 졸참나무의

아래 그늘에, 아아 싱그럽구나,

무수한 잎들 구슬 목걸이처럼

늘어뜨리고, 떠 있는 꿈결의 파도,

맑은 물 투명하게 채운 작은 샘.

생명의 그 샘물을 한 움큼 떠서,

마시고자 내려가, 깊은 산속의

꼭 어린 노루 마냥, 용기를 내어,

양손을 내뻗어서 들여다보니,

하얀 수초 머리에 꽂지 않아도

물의 신인가, 아마, 웃고 계시는

느긋이 흔들흔들 무슨 그림자,

짙은 보라 삼릉초 꽃 자그마한

물 표면에 퍼지는 어린 눈썹에,

泉

森の葉を蒸す夏照りの

かがやく路のさまよひや、

つかれて入りし楡の木の

下蔭に、ああ瑞々し、

百葉を青の御統と

垂れて、浮けたる夢の波、

眞清水透る小泉よ。

いのちの水の一掬

いざやと下りて、深山の

小獐の如く、勇みつつ、

もろ手をのべてうかがへば、

しら藻は髪にかざさねど

水神か、いかに、笑はしの

ゆたにたゆたにものの影、

紫　三稜草花ちさき

水面に匂ふ若眉や、

옥 같은 뺨에, 유리 같은 눈동자.

아아 한 방울조차 뜨지 못해도,

입술은 무화과의 향기 달콤한

이슬에 촉촉하며, 그 선선함은

가슴속 깊이까지 불어 찼구나.

꿈이라 생각함에, 꿈이 아니던

즉 하는 소리 일어 깜짝 놀라며

눈길을 들어보니, 꿈인가, 아님,

나무 사이 환영이 너무 선명해

늘어진 잎 가르며 달려가도다. ──

그것은 검은 머리 찰랑거리며

작은 어깨 나부낀 소녀 아이여. ──

아아 영원한 여름 환상의 모습,

어찌 그리 서둘러 지나가셨나.

바라건대 그대여, 꿈결의 숲속

향긋한 초록빛의 선선한 그늘에

잠시간 편안한 잠 지키게 하고,

(잠시일까, 꿈결 속 영겁의 시간.)

玉頬や、瑠璃のまなざしや。

ああ一雫掬はねど、

口は無花果香もあまき

露にうるほひ、涼しさは

胸の奥まで吹きみちぬ。

夢と思ふに、夢ならぬ
、
さと云ふ音におどろきて

眼 あぐれば、夢か、また、

木の間まぼろし鮮やかに

垂葉わけつつ駆けて行く。——

さは黒髪のさゆらぎに

小眉なよびの少女子よ。——

ああ常夏のまぼろしよ、

など足早に過ぎ玉ふ。

ねがふは君よ、夢の森

にほふ緑の涼蔭に

暫しの安寝守らせて、

（しばしか、夢の永劫よ。）

407

나를 꿈 파수꾼으로 허락하기를.

잠에서 깨 살포시 미소 지을 때,

두 손은 옥으로 된 유스루쓰키[27]에,

이 맑은 샘물 헹구는 물로 담아

나 손수 그대에게 바치고파라.

아아 소녀 아이여, 환영의 모습,

팔랑이는 소매는 사랑의 깃발,

어찌 그렇게 빠른 걸음걸이로,

하늘의 오리배가 이리도 빨리,

초록빛 안쪽으로 사라지셨네.

われ夢守<ruby>夢守<rt>ゆめもり</rt></ruby>とゆるせかし。

目さめて仄<ruby>仄<rt>ほの</rt></ruby>に笑<ruby>笑<rt>ゑ</rt></ruby>ます時、

もろ手は玉の泔坏<ruby>泔坏<rt>ゆするつき</rt></ruby>、

この眞清水を御泔水<ruby>御泔水<rt>みゆする</rt></ruby>に

手づから君にまゐらせむ。

ああをとめごよ、幻よ、

、、、らの袖や愛の旗<ruby>旗<rt>はた</rt></ruby>、

などさは疾<ruby>疾<rt>はや</rt></ruby>き足<ruby>足<rt>あし</rt></ruby>どりに、

天<ruby>天<rt>あめ</rt></ruby>の鳥船<ruby>鳥船<rt>とぶね</rt></ruby>のかくろひに、

緑<ruby>緑<rt>みどり</rt></ruby>の中に消えたまふ。

왜가리

숨은 늪을 따라서 언덕 밑자락
옻나무 덤불에 추운 비 내려
가을이 갈 곳을 후두둑 하며
찾아갔다 지나가 버린 흔적아,
푸르스름한 황색 서리가 내려
얼룩덜룩한 옻나무 잎에 흐리게
저녁 햇살이 타올랐구나.

평야 넘어 저쪽, 삼나무 들판,
조그맣게 보이는 사찰의
하얀 비둘기 날아가는 지붕과,
쓸쓸한 서녘 하늘 빛,
누군가의 아내 죽은 저녁이구나,
요발[26] 소리 멀리서 울리고,
눈물마저 떨어지는 적막.

青鷺

隠沼(こもりぬ)添(そ)ひの丘(をか)の麓(を)、
櫨(うるし)の木立(こだち)時雨(しぐ)れて
秋の行方(ゆくへ)をささと
たづねて過(す)ぎし跡や、
青鷭(やまばと)色(いろ)の霜(しも)ばみ、
斑(まば)らの濡葉(ぬればの)仄(ほ)に
ゆふべの日射(ひざし)燃(しも)えぬ。

野こえて彼方(かなた)、杉原(すぎはら)、
わづかに見ゆる御寺(みてら)の
白鳩(しらはと)とべる屋根(やね)や、
さびしき西の明(あか)るみ、
誰(た)が妻(つま)死ぬる夕ぞ、
饒鈸(ねうはち)遠く鳴りて、
涙(なんだ)も落つるしじまり。

기대 앉으면, 어린 옻나무의
누렇게 썩은 잎 팔랑팔랑, 가슴 앞으로
팔짱을 낀 팔에서 미끄러졌네.
문득 나를 보는 기척, 이게 뭐지, ──
숨겨진 늪의 푸르고 깊은 물
갈대 잎 담겨 있는 근처에
왜가리가 내렸네, 조용하게.

서 있는 나를 이상하다 응시하는가,
쏟아 붓는구나, 나에게, 작은 눈동자를. ──
아아 참으로 보기 드문 모습이라
엎드려 절이라도 올릴 심정, 나는 지금
새의 눈 밑으로 다가가네,
날다람쥐 찍찍거리고 울며
옻나무 덤불 해는 저물었도다.

ゐ<ruby>凭<rt>よ</rt></ruby>れば、<ruby>櫨<rt>うるし</rt></ruby> <ruby>若樹<rt>わかぎ</rt></ruby>の

<ruby>黄朽葉<rt>きくちば</rt></ruby>はらら、胸に

<ruby>拱<rt>こま</rt></ruby>ぬぐ<ruby>腕<rt>うで</rt></ruby>をすべりぬ。

ふと見るけはひ、こは何、――

<ruby>隠<rt>こもり</rt></ruby><ruby>沼<rt>ぬ</rt></ruby><ruby>碧<rt>あを</rt></ruby>の<ruby>水薔<rt>みかき</rt></ruby>の

<ruby>蘆<rt>あし</rt></ruby>の葉ひたすほとりに

<ruby>青鷺<rt>あをさぎ</rt></ruby><ruby>下<rt>お</rt></ruby>りぬ、静かや。

立つ身あやしと<ruby>凝視<rt>まも</rt></ruby>るか、

<ruby>注<rt>そそ</rt></ruby>ぐよ、我に、<ruby>小瞳<rt>こひとみ</rt></ruby>。――

あな<ruby>有難<rt>ありがた</rt></ruby>の姿と、

をろがみ<ruby>心<rt>ごころ</rt></ruby>、<ruby>我 今<rt>われいま</rt></ruby>

<ruby>鳥<rt>とり</rt></ruby>の<ruby>目底<rt>めぞこ</rt></ruby>に<ruby>迫<rt>せま</rt></ruby>るや、

<ruby>尾被<rt>をかつぎ</rt></ruby>ききと<ruby>啼<rt>な</rt></ruby>きて

櫨の木立夕つけぬ。

작은 논 파수꾼

이 몸은 시골뜨기 작은 논 파수꾼,

거여목의 하얀색 꽃이 핀 자리

햇살 비친 두렁길, 뒹굴며 누워,

만족하고 지내는 농사꾼이니,

그대를 연모한다 말은 못하지,

음력 유월 반딧불 어지러이 날고,

따스한 바람 부는 한밤중 사이,

메꽃이 피는 풀의 기다란 덩굴

작은 논 오솔길을 향긋하게 해

세련된 도시풍의 그 옷소매에

지나치다 반하게 된 마음 녹아

그 감도는 향기가 가슴에 스며,

마음이 머무를 곳 그대라 싶어

정감 어린 작은 창 열었을 때부터,

아아 피리를 부는 심란한 소리,

어지러운 마음은, 푸른 물결의

小田屋守

身は鄙さびの小田屋守、

苴蓿白き花床の

日照りの小畔、まろび寝て、

足るべらなりし田子なれば、

君を戀ふとはえも云へね、

水無月螢とび亂れ、

暖き風吹く宵の間を、

ひるがほ草の蔓ながき

小田の小徑を匂はせし

都ぶりなるおん袖に

ゆきずり心蕩かせし

その移り香の胸に沁み、

心の栖家君にとて

なさけの小窓ひきしより、

ああ吹く笛のみだれ音や、

みだりごころは、青波の

415

벼 자란 논두렁이 막지 못하고
여름 햇살 흐르는 뜨듯한 물은,
세상에 허락 받기 힘든 귀한 분
아가씨 그대를 따라가노라니.
이제는 사방 논의 벼도 익어서,
호박琥珀 같은 구슬쌀 알알이 맺어,
숨기고 안 보이는 내 사모의 정,
그저 쓸쓸히 그대 그리다 든 잠결
눈물 방울로 맺혀 버리기만 해,
아아 아름다운 동산 무성한 풀숲
커다란 꽃 잎사귀 쪼지 말라고
멀리 내쫓겨 버린 들판의 새는
초라한 내 신세를 흉내 냈구나.
오늘 밤 수확한 벼 담아둔 문에
잘 익은 벼 지키는 신세를 잊고,
음력 구월하고도 이십 일의 달,
그대를 알고부터 백 일 밤이나
정처 없이 찾아온 근사한 저택

稲田（いなだ）の畔（あぜ）の堰（せ）きかねて

夏照（なつで）り走るぬるみ水、

世に許（ゆ）りがたき貴人（あでびと）の

御姫（みこ）なる君を追ひぞする。

今は四方田（よもだ）の稲たわわ、

琥珀（こはく）の玉をむすべるに、

ひめてはなたぬ我が思ひ、

ただわびしらの思寝（おもひね）の

涙とこそはむすぼふれ、

ああ玉苑（ぎょくえん）のふかみ草

大き 葩（おほはなびらっ） 啄まむとて

追ひやらはれし野の鳥の

つたなき身様（みざま）まねけるや。

こよひ刈穂（かりほ）の庵（いほ）の戸に

八束穂守（やつかほ）る身を忘れ、

小田刈月（をだがりづき）の亥中月（ゐなかづき）、

君知りしより百夜（もゝよ）ぞと

さまよひ来ぬるみ館（やかた）の

무궁화 꽃이 피는 울타리 아래,

등불의 빛도 환한 높은 창문에

그대가 연주하는 상부련[28] 악곡.

아아 시골뜨기인 작은 논 파수꾼,

피리 던져 버리고, 꽃을 따다가,

꽃들을 산산이 다 찢어 버리고,

개천 넘고, 두꺼운 울타리 넘어,

그대의 마당으로 숨어드노라.

木槿花咲く垣のもと、

灯かげ明るき高窓に

君が弾くなる想夫憐。

ああ鄙さびの小田屋守、

笛なげすてて、花つみて、

花をば千々にさきすてて、

溝こえ、厚き垣をこえ、

君が庭には忍び入る。

능소화

종 치는 건물 기둥 감아올리며
남아도는 덩굴이 꼭 환영처럼
흘러내려 돌로 된 계단 층층이
이끼에 늘어지는 여름의 꽃,
능소화 핀 줄기는 반짝이누나.
꽃을 뒤집어쓰고 생각에 잠겨,
생시도 아니면서 꿈결도 아닌
그저 윤곽 두터운 꽃으로 된 길,
그대 미소 지으면 안개 향 나고
내가 무슨 말하면 봉오리 피는
걷는 발소리 없는 머나먼 세상
정원 동산 안에서 거닐다 보니
눈이 부신 생명이 다가오더라.
나는야 동네 절간 종지기라네, ──
그대 가 버린 이후 세상을 잊고,
고아였던 까닭에 할 일도 없어

凌霄花

鐘樓の柱まき上げて

あまれる蔓の幻と

流れて石の階の

苔に垂れたる夏の花、

凌霄花かがやかや。

花を被きて物思へば、

現ならなく夢ならぬ

ただ影深の花の路、

君ほほゑめば靄かほり、

我もの云へば蕾咲く、

歩み音なき遠つ世の

苑生の中の逍遥の

眩ゆきいのち近づくよ。

身は村寺の鐘樓守、——

君逝きしより世を忘れ、

孤児なれば事もなく

큰스님께 소원을 허락 받아서,

말도 안 하고 삼 년 꿈속에 살 듯,

그대의 무덤 있는 이 절간에서,

시간 알리고, 법문 소리 알리며,

그대에게 가슴속 미소 알리고,

젊은 생명 다하여 종을 치노라. ——

그대가 가 버린 것 알기만 하고,

그 얼굴보다 더욱 아름다웠던

영혼이 나에게로 깃들었는 줄

남들은 모르기에, 나를 일컬어

마음의 넋이 나간 벙어리라고,

놀려대니 이것 참 가소롭구나.

두견새 울어 대는 여름의 한낮

절 찾아오는 이들 걸어오는 길,

어느 날 동반 수행 허락 받아서,

여기 돌계단에서 잠시 쉬는데,

능소화 핀 줄기에 꽃을 두 송이

따서, 하나는 나의 옷깃에 꽂고,

御僧に願ひゆるされて、

語もなき三とせ夢心地、

君が墓あるこの寺に、

時告げ、法の聲をつげ、

君に胸なる笑みつげて、

わかきいのちに鐘を撞く。——

君逝にたりと知るのみに、

かんばせよりも美くしき

み霊の我にやどれりと

人は知らねば、身を呼びて

うつけ心の唖とぞ

あざける事よ可笑しけれ。

あやめ鳥鳴く夏の畫

御寺まゐりの徒歩の路、

ひと日み供に許されて、

この石階の休らひや、

凌霄花花二つ

摘みて、一つはわが襟に、

하나는 그대의 그 고운 머릿결

꽃 장식에 더하니 웃으시면서,

누님이라 부름을 허락하셨던

그날, 열여섯 살의 앞뒤 모르는

내 가슴 잠기게 한 고운 물결,

커다란 그 꽃잎의, 이름 몰라도,

환히 빛나는 꽃배 띄운 게로다.

그러면 이 꽃자리, 여기 종루를,

나의 영혼이 사는 성이라 보고,

여름날 하루 종일 꽃을 지키며,

그대의 유품 같은, 향기가 남은

옛날 풍 제례 올릴 때 입는 예복, ──

과거를 동경하던 그대였기에

예전에는 고운 발 드린 가까이

횃대에 걸어 두고, 훈향薰香 피우던

풍류도 있었더라 향기의 흔적, ──

파란 풀 무늬 물을 들인 흰 비단

소매 맡에 걸어둔 붉은 색의 끈,

一つは君がみつむりの

かざしに添へてほほゑませ、

み姉と呼ぶを許りにける

その日、十六かたくなの

わが胸涵す匂ひ潮、

おほ萢の、名は知らね、

映ゆき花船うかべしか。

さればこの花、この鐘樓、

我が魂の城と見て、

夏ひねもすの花まもり、

君が遺品の、香はのこる

上つ代ぶりの小忌衣、──

昔 好みの君なれば

嘗ては御簾のかげ近き

衣桁にかけて、空薫の

風流もありし香のあとや、──

青草摺の白絹に

袖にかけたる紅の紐、

해를 지내다 보니 옷단 찢어져

메추라기 털 같은 옷이 되었네,

그대의 유품이라 생각을 하니,

여전히 나에게는 예쁜 옷 같아,

남자의 차림새에 겹쳐 입고서,

남들이 하는 말은 모르겠지만,

가슴속의 그대와 이야기하니,

능소화 핀 줄기에 여름의 꽃이

빛나고 있는 옷을, 향이 밴 옷을,

이 세상과 저 세상의 뜬 다리 삼아

'빛 속에 있는 동산' 어여쁜 글자.

꽃을 뒤집어쓰고, 돌 위에 누워,

그대의 몸 감싸는 환한 옥 같은

눈이 부신 생명을 불러내면서,

아아 불러내면서, 맞이하면서,

저녁 종칠 때 오면, 아침이 오면,

웃으며 칠 수 있는 거대한 종의

드높은 외침 소리, 조화의 소리, ——

年の経ぬれば裾きれて

鶉衣となりにたれ、

君が遺品と思ほへば

猶わが身には玉袍と、

男姿にうち襲ね、

人の云ふ語は知らねども、

胸なる君と語らふに、

のうぜんかづら夏の花

かがやかなるを、薫ずるを、

かの世この世の浮橋の

『影なる園』の玉の文字。

花を被きて、石に寝て、

君が身めぐる照る玉の

眩ゆきいのち招きつつ、

ああ招きつつ、迎へつつ、

夕つけくれば、朝くれば、

ほほゑみて撞く巨鐘の

高き叫びよ、調和よ、──

그 소리로 일찍이 그대와 나와

우리 두 사람 영혼의 배 싣고서

하늘의 문을 통해 들어갔으니,

남들이 말하던 그 넋이 나간 놈,

나는야 동네 절간 종지기라네,

그대에게 바쳤던 내 생명이 얻은

이 희열을 남들은 모르고말고.

その聲すでに君や我

ふたりの魂の船のせて

天の門にし入りぬれば、

人の云ふなる放心者、

身は村寺の鐘樓守、

君に捧げし吾生命の

この喜悦を人は知らずも。

장딸기

푸른 풀 향기 나는 언덕의 아래,
노래 흥얼대면서 그대 가 버려.
여름 한창 낮일 때, 들판 다니며,
말 등에 걸터앉아 그대 가 버려.
그대 올까 싶어서 숨어 있었던
언덕의 풀숲 사이 여름 장딸기,
뙤약볕에 무르고, 파란 풀 자리,
훗훗한 열기 나는 아래 그늘에,
하늘의 해 받아서 애정 머금고
색을 머금어 타는 붉은 보석 알, ──
메추라기 자리인 언덕 근처에
처음부터 시골의 잡초였지만,
아아 가슴속 불아, 붉은 보석 알, ──
고동치는 마음에 무릎을 꿇고,
손길을 대어 보니, 달콤한 즙에
덧없이도 손가락 물들었구나.

草苺

青草かほる丘の下、

小唄ながらに君過ぐる。

夏の日ざかり、野良がよひ、

駒の背にして君過ぐる。

君くると見てかくれける

丘の草間の夏苺、

日照りに蒸れて、青牀や、

草いきれする下かげに、

天の日うけて情ばみ

色ばみ燃えし紅の珠、——

鶉の床の丘の邊に

もとより鄙の草なれど、

ああ胸の火よ、紅の珠、——

とどろぎ心ひざまづき、

手觸れて見れば、うま汁に

あへなく指の染みぬるよ。

맨발로 풀을 베는 신세 열다섯,

여름풀 무성하게 자란 가운데,

마음속에 장딸기 숨어 있구나,

검은 머리 감아둔 감색 물들인

하얀 목면 그대에게 보이기 싫어.

지나 버린 축제가 열린 봄밤에,

어스름달 깊어져, 축하주 돌린

마당에, 손 잡히고, 소매 잡히며,

그대에게 선택돼, 부끄럽지만

노래로 술잔 받고 술도 받았던

아아 그날 밤부터, 용모도 좋고,

말도, 논밭도, 집도 가지고 있는

그대 이름에 얼마나 뺨 붉혔는지.

이제 그대 가누나, 언덕 아래로, ──

빛나는 그 길을, 그대 젊은 말

하얀 털 풍성한 데 올라탄 모습, ──

소리 내지 않으니, 보지도 않고

노래 흥얼거리며 그대 가누나.

素足草刈る身は十五、

夏草しげる中なれば、

心の苺はかくれたれ、

くろ髪捲ける藍染の

白木綿君に見えざるや。

過ぎし祭の春の夜、

おぼろ夜深み、酒ほぎの

庭に、手とられ、袖とられ、

君に選られて、はづかしの

唄に盃さされける

ああその夜より、姿よき、

駒もち、田もち、家もちの

君が名になど頬の熱る。

今君行くよ、丘の下、──

かがやく路を、若駒の

白毛ゆたかの乗様や、──

聲し立てねば、えも向かで

小唄ながらに君行くよ。

아아 풀 그늘 아래 여름 장딸기,
하늘의 해 받아서 애정 머금고
색을 머금어 타며, 하루 온종일
입술에 달콤할 그 맛 기다려도,
못난 풀이다 보니, 그대 동산의
나뭇가지 싱그런 예쁜 사과가
붉은 그릇에 담겨, 손에 잡혀서,
그대의 입 안으로 빨려들게 될
열매의 행복 차마 원망도 못해.

ああ草蔭の夏苺、

天の日うけて情ばみ

色ばみ燃えて、日もすがら

くちびる甘き幸まてど、

醜草なれば、君が園

枝瑞々し林檎の

櫑子に盛られ、手にとられ、

君がみ脣に吸はるべき

木の實の幸をうらみかねつも。

눈 먼 소녀

"해가 쬐나요?" 목소리 푸른 하늘,
새하얀 학이 멀리에선가 울고, ──
동쪽 해 뜨는 바다 내려다보는
높다란 성전 아름다운 계단
하얀 석조 기둥에 기대서서는,
이리 물었지, 어느 눈 먼 소녀가.
대답하기를, 하얀 은으로 만든
찬연히 반짝이는 투구 벗으며
무릎을 꿇은 젊디젊은 무사가,
"그렇소. 해는 지금 파도를 떠나,
휘황찬란한 빛의 너울거림이,
언덕을 넘고, 여름 들판을 넘어,
이제 그대여, 그대 기대어 있는
하얀 석조의 둥그런 그 기둥의
위쪽 반쯤은, 나부끼는 머리칼
언저리까지 황금빛으로 비치오.

めしひの少女

『日は照るや。』聲は青空、

白蔓の遠きかが啼き、――

ひむがしの海をのぞめる

高殿の玉の　階

白石の柱に凭りて、

かく問ひぬ、盲目の少女。

答ふらく、白銀づくり

うつくしき兜をぬぎて

ひざまづく若き武夫、

『さなり。日は今浪はなれ、

あざやかの光の蜒り、

丘を超え、夏の野をこえ、

今君よ、君が凭ります

白石の圓き柱の

上半ば、なびくみ髪の

あたりまで黄金に照りぬ。

이윽고, 그대 그 옥 같은 얼굴에

반짝거리는 여름의 입맞춤이,

다시 이윽고, 장미가 자란 동산

돌에 새겨진 모습과도 비슷한

허리께까지, 내리쬐며 얽혀서,

남아 넘치는 황금빛의 파도는

나의 얼굴에 아쉬움을 보내리니."

손을 들고서, 어느 눈 먼 소녀가.

둥근 기둥을 살짝 쓰다듬으며,

이리 말했지, "정말, 따뜻하네요."

다시 말하길, "바다에 돛이 있나요?

넓은 하늘에 구름은 떠 있나요?"

무사는 갑작스레 일어서더니,

대답하기를, 힘 있는 목소리로,

"아아 그렇소. 바다에 돛 그림자,

언젠가 그것도, 저 멀리 떨어져서,

그대와 내가 연인 사이인 듯이,

서로 그리워한다고 다른 지방 사람

やがて、その玉のみ面（おも）に

かがやきの夏のくちづけ、

又やがて、薔薇（ばら）の苑生（そのふ）の

石彫（いしぼり）の姿に似たる

み腰（こし）にか、い照り絡（から）みて、

あまりぬる黄金の波は

我が面（おも）に名残（なごり）を寄せむ。』

手をあげて、めしひの少女、

圓柱（まろばしら）、そと撫りつつ、

さて云ひぬ、『げに、あたたかや。』

また云ひぬ、『海に帆（ほ）ありや。

大空（おほそら）に雲の浮ぶや。』

武夫（もののふ）はつと立ちあがり、

答ふらく、力（ちから）ある聲、

『ああさなり。海に帆の影、――

いづれそも、遠く隔（へだ）てて、

君と我がなからひの如、

相思ふとつくに人（ひと）の

편지 배달부 태우고 가는 배가,

붉은색 돛을 걸어 올렸다오. ──

넓은 하늘에 구름은 뜨지 않고,

오늘도 다시 뜨거운 여름 하루. ──

그대와 함께 장미나무 그늘에

아주 달콤한 바람에 취해 있어

이 하늘과 땅 행복한 사람으로

내가 있을 수 있는 굉장한 행운,

커다란 태양 이리 비치나 보오."

소녀 말하길, "아아 그렇긴 해도,

그대는 그저 보이는 것만 보네요.

내 가슴속에 타오르는 태양은,

생명까지도 태워 없어 버리려

오로지 타고 타오르는 해이니,

눈이 있다면, 보이는 것만 보므로,

못 보시리니, 내 마음속 태양을."

무사는 아무 대답도 하지 않고,

옆에 다가와 힘주어 말하기를,

文　使乗する船なれ、
（ふみづかひの）

紅の帆をばあげたり。――
（くれなゐ）

大空に雲はうかばず、
（おほぞら）

今日もまた、熱き一日。――
（けふ）（あつ　いちにち）

君とこそ薔薇の下蔭
（ばら　したかげ）

いと甘き風に醉ふべき
（ゑ）

天地の幸福者の
（あめつちさいはひもの）

我にかも厚き恵みや、
（あつ　めぐ）

大日影かくも照るらし。』
（おほひかげ）

少女云ふ、『ああさはあれど、
（をとめ）

君はただ見ゆるこそ見め。

この胸の燃ゆる日輪、
（にちりん）

いのちをも焼きほろぼすと
（や）

ひた燃えに燃ゆる日輪、

み眼あれば、見ゆるを見れば、
（め）

えこそ見め、この日輪を。』
（にちりん）

武夫はいらへもせずに、
（もののふ）

寄り添ひて強き呟やき、
（つよ　つぶ）

441

"그대도 또한, 못 보시리니, 나의

이 두 눈동자 안에 감춰져 있는

사랑의 영혼, 그대 향해 불타며

흡족해 하는 태양의 이글거림을."

이리 말하며, 소녀를 끌어안고,

사랑의 영혼 그 사랑의 영혼에,

뜨거운 입술 그 뜨거운 입술에,

(생사를 넘는 이 도취된 심정)

불타오르는 사랑의 입맞춤. ──

입맞춤이니, 아아 진실로 두 사람,

이 지상에서 사랑하는 사람의

가슴속 깊은 보이지 않는 태양

서로 보면서, 마음을 쉬게 하는

그저 유일한 눈동자였구나. ──

해는 벌써 저 높이로 올라서,

끌어안은 두 사람, 반짝거리는

하얀 은색의 투구, 그리고 또한,

하얀 석조의 둥그런 기둥에다,

『君もまた、えこそ見め、我が
双眸_{さうぼう(うち)}の中にかくるる

たましひの、君にと燃ゆる

みち足_たらふ日のかがやきを。』

かく云ひて、少女を抱き、

たましひをそのたましひに、

唇_{くちびる}　をその唇_{くちびる}に、

（生死_{いきしに}のこの醉心地_{ゑひごこち}）

もえもゆる戀の口吻_{くちづけ}。――

口吻_{くちづけ}ぞ、ああげに二人_{ふたり}、

この地_{つち}に戀するものの、

胸ふかき見えぬ日輪_{にちりん}

相見ては、心休むる

唯一_{たゞいち}の瞳_{ひとみ}なりけれ。――

日はすでに高_{たか}にのぼりて、

かき抱く二人、かゞやく

白銀の兜_{しろがねかぶと}、はたまた、

白石_{しらいし}の圓_{まろ}の圓き柱や、

더불어, 하얀 아름다운 계단,

모조리 품고, 모든 것의 위에서

황금빛 내며 빛을 더해 쪼이며,

높다란 성전 사랑의 높은 성전,

하늘과 땅도 사랑의 하늘과 땅,

성취로 뿌듯한 가슴속의 환희는

빛을 이루는 개선가와 같으니,

언덕을 넘고, 푸른 들판을 넘어,

동쪽 해 뜨는 바다의 저 위까지

둥그스름히 온데 흘러넘치네.

また、白き玉の階、

おほまかに、なべての上に

黄金なす光さし添へ、

高殿も戀の高殿、

天地も戀の天地、

勝ちほこる胸の歡喜は

光なす凱歌なれば、

丘をこえ、青野をこえて、

ひむがしの海の上まで

まろらかに溢れわたりぬ。

지난 세월아, 부서진 시가詩歌 수레

밧줄을 걸고, 숨도 끊어질 듯이,

지나왔구나, 험난한 언덕길을

새로이 맞은 생명 싱그러운 꽃

넓은 동산의 봄날을 보려 하니.

(이 시집의 끝에)

来し方よ、破歌車

綱かけて、息もたづたづ、

過ぎにしか、こごしき坂を

あたらしきいのちの花の

大苑の春を見むとて。

（この集のをはりに）

「동경」 주석

1 동서남북과 중앙의 다섯 하늘. 혹은 오천축이라 하여 옛 천축국(인도)을 다섯으로 나눈 호칭.

2 1903년 12월 14일. 숲은 향교 뒤에 있었다. 이 해의 봄이 아직 이를 무렵, 떠돌이 아이가 병을 얻어 고향 산으로 돌아가 약과 식사를 차차 드문드문 먹게 된 여름날, 홀로 몇 차례인가 지팡이를 끌고 그 숲을 방황하며, 지난 추억에 쓸쓸한 심정을 위로했다. 섣달 난롯가에서 안락하게 자던 것을 떠올리고는 통한에 견디지 못해 지은 것이, 곧 이 노래이다.(원)

3 여자 아이의 행복을 기원하는 3월 3일 히나 마쓰리雛祭り 때 옷을 입혀 집안에 장식하는 인형.

4 히아신스의 음역어音譯語.

5 나라 현奈良県 사쿠라이 시桜井市에 있는 나키사와 신사哭沢神社.

6 1904년 1월 16, 17, 18일 원고. 이 시는 원래 앞뒤로 여섯 장, 두 사람의 사후 마사코 아버지의 술회와 장례날의 노래, 천상에서의 만남의 노래를 덧붙였는데, 붓을 놓은지 어언 1년, 감회를 다시 불러일으키기 어려워, 유감이지만 앞에 기록한 세 장만을 이 시집에 수록한다.(원)

7 이 다리는 내 고향 시부타미渋民 마을 북상류에 걸린 구름다리다. 이와테 산岩手山 조망이 좋아 고향사람들이 칭찬해 마지않는다. 봄날 새벽이나 여름날 저녁 언제가 언제인지 구별하기 어려운 감이 있지만, 나는 유난히 달 있는 밤을 좋아하여, 친구를 찾아갔다가 집으로 돌아가거나 할 때, 몇 번이나 여기에서 배회하며 시가를 읊조리는 흥을 마음껏 즐기곤 했다.(원)
이와테 산은 표고 2,038m의 화산으로 후지산과 모양이 닮았으며, 이와테 현岩手県에서 가장 높은 산으로 현의 상징적 존재다.

8 우리나라의 가야금과 흡사한 일본의 전통 발현 악기로 긴 몸통과 13~17개의 줄, 그리고 줄 받침인 '지'로 이뤄져 있다.

9 몇 년 전이던가, 내가 아직 모리오카盛岡의 학사学舍에 있을 무렵, 가을 어느 날 벗과 성 밖의 홋큐北邱 근처에 유명한 고찰을 찾아가, 오래된 보리수가 바람에 울부짖는 곳에서 연주자가 고큐胡弓를 연주하며 적잖이 흥겨운 경지에 드는 것을 본 적이 있다. 해가 지나고 세월이 흘러, 지금 추운 사찰에서 쓸쓸한 마음으로 어느 저녁 구리로 된 징 소리 길게 끌리는 음색에 마음이 동요하니, 회고의 정을 금하기 어려워 이내 붓을 들고 이 한 편을 적게 되었다.(원)
고큐는 우리나라의 해금과 비슷한 모양으로 활을 사용하여 연주하는 일본의 전통 찰현악기다.

10 경쇠는 '경磬'이라고도 하며 틀에 옥돌을 달아 뿔 망치로 쳐 소리를 내는 아악기를 말한다.

11 동양의 음악은 예로부터 궁宮, 상商, 각角, 치徵, 우羽의 다섯 음을 기본으로 한다.

12 불교 용어로 진리의 법을 방해할 장애물은 있을 수 없다는 뜻.

13 불교 용어로 영원하고 절대적인 진정한 생이 가상假象으로 드러나는 것을 말한다.

14 『성경』에 나오는 것으로 유향나무에서 분비되는 액체를 건조시킨 향료.

15 『성경』에서 가나안 민족들에게 신성시된 나무로 영광의 상징이며 솔로몬의 궁전을 지을 때 쓰이는 등 건축재와 유향의 재료로 활용됐다.

16 이 해에 사범학교를 졸업하고 부임한 시부타미 소학교 교사 우에노 사메上野さめ를 말한다.

17 성경에 등장하는 지역명이며 사마리아 언덕 지대에서 지중해에 이르는 평원 지역으로 백합이 유명하다.

18 어떤 풍금 곡에 맞추고자 벗을 위해 만든 짤막한 노래.(원)

19 1904년 6월 9일, 여름 가랑비 내려 선선한 선방禪房 창가에, 네가래 꽃이 떠 있는 물화분을 놓고 이와노 호메이岩野泡鳴 형에게 편지를 썼다. 마침 어떤 소리가 나면서 마치 내 시름하는 마음 같은 곡조를 전해 왔다. 집 뒤의 숲에 두견새가 운 것이다. 그래서 서둘러 편지 안에 적어 보냈다.(원)
네가래는 여러해살이 수초水草로 여름에 네 잎의 작은 꽃을 피우며, 그 한자명 백빈(白蘋, 하쿠힌)은 다쿠보쿠가 이전에 사용하던 필명이기도 하다. 이와노 호메이는 시인, 소설가. 낭만주의 시인으로 시집 『비련비가悲恋悲歌』(1905) 등을 발표했고, 이후 평론과 소설 『탐닉耽溺』(1909)으로 자연주의 작가로 전환했다.

20 1904년 4월 13일, 도고 대제독의 함대가 대거 뤼순旅順 항구에 육박해 오자, 적장 마카로프 제독이 이를 격퇴하고자, 황급히 명령을 내려 그 기함旗艦 페트로파블롭스크를 항구 밖으로 진격시켰지만, 무운武運이 다한 것이었을까, 우리가 설치한 수뢰水雷를 건드려 거대한 함선 폭발하였고, 제독 역시 이 함선과 운명을 같이 했다.(원)
스테판 오시포비치 마카로프Степáн Осипович Макáров (1849.1.8.~1904.4.13.)는 러시아 제국 해군 장교이자 해양학자이며 유능한 함대 사령관으로 이름을 떨쳤다.
도고 헤이하치로東鄉平八郎(1848.1.27.~1934.5.30.)는 일본 연합 함대 사령관으로 러일전쟁을 지휘해 해전에서 완승을 거둬 국가적 영웅으로 칭송받았다.

21 감람과 소교목으로 방향 및 방부제, 즙액은 향수, 진통, 소독 등에 사

용되는데, 동방박사가 예수에게 바친 것으로도 잘 알려져 있다.

22 도쿄로 들어와 곧바로 하숙을 하게 된 스루가다이駿河台의 새 집, 창문을 여니 대나무 숲 절벽 아래 한눈에 기와집 골짜기가 시야를 메웠다. 가을이라 밤마다 기와 위에는 무거운 안개, 안개 위로는 달이 비쳐, 오래도록 산간벽촌에 살던 나에게는 몹시도 진귀한 광경이었다. 어느 날 밤 시흥을 얻어 황급히 붓을 들었는데, 그것이 곧 이 짧은 어조의 칠 연의 한 편이다. 「마른 숲」부터 「두 그림자」까지의 일곱 편은 이 기와집 골짜기를 내려다 볼 수 있었던 삼 주 동안의 임시 주거에서 지어진 것이다.(원)

23 원문에는 홋쿠発句라 되어 있다. 5·7·5 세 구 열일곱 글자로 이루어진 정형 단시를 이른다.

24 불법佛法을 이르는 말로, 절대絶對의 입장에서 모든 것은 동일하고 평등하며 차별이 없다는 뜻.

25 두 개의 굽을 대고 끈으로 발에 고정하는 나무로 만든 신발.

26 불교식 장례에서 창명唱名 등을 할 때 사용하는 사원의 악기. 중앙이 튀어나온 원형 동판으로 두 장을 합하여 울리게 하는 형태.

27 과거 일본에서 미용을 위해 머리를 헹굴 때 쓰던 쌀뜨물을 담는 용기.

28 중국에서 전래된 아악곡 제목으로, 남편을 그리는 여인의 심정을 담아냈다고 하며 일본에서는 고토로 즐겨 연주된다.

발문跋文

　소년의 나이에 일찍이 이름을 이루면 도리어 화禍가 된다지만, 흰머리 길게 늘어뜨리고 뼈만 앙상히 남아, 있는지 없는지 누가 물어보지도 않을 노인의 보람 없는 삶에 비하면, 사람으로 태어나 이렇게 누렸으면 하는 너무도 눈부신 재능이라 하겠다. 그것도 요즘 혈기 왕성한 젊은이들이 좋아할, 그저 잠시 스치는 명성이라면 손가락으로 퉁겨내고 말 터이지만, 향그러운 나무의 떡잎에 깃든 향기를 억누르지 못하고 저절로 세상에 발산하니 사람들이 갖다 바치는 명예를 어찌 사양할 수 있으리.

　이시카와 다쿠보쿠는 최근 나의 시사詩社[1]에 몸을 담은, 다카무라 사이우[2], 히라노 반리[3]와 같은 사람들과 더불어 아주 특별히 나이 어린 시인이다. 더구나 이 젊은 시인들의 작품을 읽으면, 새롭게 시단의 풍조를 건설할 만한 숨결 불어 넣을 불씨인 양, 많은 나이 든 사람들이 평생토록 불태워 보지도 못한 재능을, 일찍이 각자 일신에 이루려 하고 있다.

그러고 보니 앞서서는 도손[4], 규킨[5], 아리아케[6] 제군들이 있고, 지금 여기에 다시 이들 젊은 시인들을 더하게 되었다. 내가 어느 정도 전생의 선을 쌓았는지 이러한 문예 부흥이 활기를 띤 시대에 태어나, 이처럼 귀하고 재능 있는 수많은 시인들의 모습을 보게 되었다.

이번에 어느 책방 주인 아무개가 다쿠보쿠에게 부탁하여, 그 처녀시집 『동경』을 출판하게 되었다. 다쿠보쿠는 그것이 당장에 이름을 날리려는 모리배로 오인될까 걱정하여 내게 의논해 왔다.

내가 말하기를, "이름이 나느냐 오명을 입느냐 그 영역 밖에서 자기 소신을 오로지 밀어붙이는 것이야말로 예로부터 시인들이 뜻하던 바 아니겠는가. 꼭 동시대 사람들 때문에 시를 짓지만은 않는 것이, 또한 우리 시사의 규칙 아니겠는가. 스스로 돌아보아 역겹지 않다면, 본래 시집을 내는 것은 시인의 책무

이니 무슨 주저할 바가 있겠는가."

다쿠보쿠가 나의 이 말을 듣고 미소 지으며 담배 한 가치를 품에서 꺼냈다. 이러한 다쿠보쿠가 열여덟 살 가을부터 스무 살 되는 올봄에 걸쳐 지은 시 대략 70여 편, 아아 눈이 뜨이는구나, 아아 그리움 자아내는구나, 아아 아름답구나, 사람들이 이를 보고 어찌 놀라지 않을 수 있으리오.

1905년 봄이 저물 무렵

요사노 뎃칸[7]

<hr />

1 이 발문을 쓴 요사노 뎃칸이 아내 요사노 아키코与謝野晶子와 잡지 『묘조明星』를 주재, 간행한 낭만주의 문학 결사 신시사新詩社를 칭한다.

2 일본 근대 시단의 가장 중요한 시인 중 한 명인 다카무라 고타로高村光太郎(1883.3.13.~1956.4.2.). 시인, 조각가이며 도쿄미술학교 재학 중 신시사 동인으로 『묘조』에 시가를 기고했다. 서구 유학 후 문학과

미술 분야에서 왕성히 활동했으며 시집으로는 『도정道程』(1914), 『지에코초知恵子抄』(1941) 등이 있다.

3 히라노 반리平野万里(1885.5.25.~1947.2.10.). 시인 겸 단카(短歌) 작가로 『묘조』의 창간 멤버였다. 『묘조』 폐간 후에는 다쿠보쿠 등과 『스바루スバル』 창간에 진력했다.

4 시마자키 도손島崎藤村(1872.2.17.~1943.8.22.). 시인이자 소설가로 젊은 시절 기독교와 유럽 문학의 영향으로 문학을 지망하게 됐다. 신체시 창작에 탁월하여 『어린 잎若菜集』(1897) 등의 시집을 통해 시인의 명성이 높았으나, 1900년 이후에는 자연과 인생에 대한 깊은 성찰을 통해 소설가로 전환했다.

5 스스키다 규킨薄田泣菫(1877.5.19.~1945.10.9.). 시인이자 수필가로 시집 『저녁피리暮笛集』(1899) 등을 통해 시마자키 도손을 잇는 시단의 일인자로 상징시 운동을 추진했다. 문어文語 정형시를 정착시키고, 신체시 완성 시대를 이끌었다고 평가된다.

6 간바라 아리아케蒲原有明(1875.3.15.~1952.2.3.). 어려서 영문학을 접하며 시인이 됐으며 스스키다 규킨과 더불어 신체시의 완성자로 일컬어진다. 상징주의적 시형을 지향하여 시형의 혁신을 실천하고, 『낮에 뜨는 달有明集』(1908)로 일본 상징시의 정점을 이뤘다.

7 요사노 뎃칸与謝野鉄幹(1873.2.26.1935.3.26.). 시인, 단카 작가로 국가주의적 비분강개조의 시가집인 『동서남북東西南北』(1896), 『천지현황天地玄黃』(1897)으로 크게 주목받았다. 1899년에 신시사를 창립하고 기관지인 『묘조』를 창간하여 메이지明治 낭만주의 문학 시대를 전개했다.

이시카와 다쿠보쿠 연보

1886년 2월 20일
이와테岩手현 남이와테군 히노토촌(현재 모리오카시盛岡市 히노토日戸) 조코지常光寺 주지였던 잇테이一禎와 어머니 가쓰カツ 사이에서 출생. 본명 하지메. 2명의 누나와 1명의 여동생 있음.

1887년 3월
시부타미촌渋民村의 절 호토쿠지宝徳寺로 이주.

1891년
시부타미 보통소학교 입학.

1895년
시부타미 보통소학교 졸업 후 모리오카 보통고등소학교 고등과 입학.

1898년
모리오카 보통중학교 입학. 긴다이치 교스케金田一京助, 호리아이 세쓰코堀合節子 등과 만남. 월간 문예지 『묘조明星』를 접하고 문학에 뜻을 품음.

1901년 2월
모리오카 보통중학교에서 학생들이 스트라이크를 일으킴.

12월 스이코라는 필명으로 『이와테일보岩手日報』에 단카를 발표.

1902년 4월
4학년 학기말 시험에서 한 부정행위가 적발되어 견책 처분.

7월 5학년 1학기 말 시험의 부정행위로 두 번째 견책 처분.

10월 모리오카 보통중학교 중퇴. 소설가를 꿈꾸며 도쿄로 상경.

11월 『묘조』 편집 주간이었던 요사노 뎃칸与謝野鉄幹 부부 만남.

1903년 2월
귀향.

5월 『이와테일보』에 평론을 연재.

11월 『묘조』의 동인이 되어 처음으로 다쿠보쿠라는 필명을 사용.

12월 『묘조』에 여러 편의 장시를 발표.

1904년 1월
러일전쟁 발발.

10월 첫 시집을 발간하기 위해 도쿄로 감.

1905년 1월
아버지 잇테이가 호토쿠지 주지에서 물러남.

3월 가족 모두가 호토쿠지에서 퇴거하여 모리오카로 이주.

5월 도쿄에서 첫 시집 『동경あこがれ』을 발간했으나 생활고로 귀향.

6월 호리아이 세쓰코와 결혼.

9월 러일전쟁 종료. 주간과 편집인을 맡은 문예지 『소천지小天地』 발행.

1906년 2월
맏누나 다무라 사다田村サダ가 폐결핵으로 사망.

3월 아내와 어머니를 데리고 고향 시부타미로 이주.

4월 시부타미 보통소학교의 대리교사로 근무.

7월 소설 『구름은 천재로소이다雲は天才である』 집필.

11월 소설 「장렬葬列」 집필. 『묘조』 12월호에 발표.

12월 장녀 쿄코京子 출생.

1907년 3월
아버지 잇테이 가출.

4월 시부타미 보통소학교 대리교사 사직.

5월 홋카이도北海道의 하코다테函館로 이주하여 문예지 『베니마고야시紅苜蓿』 발행. 후원자이자 후에 아내 세쓰코의 여동생과 결혼하는 시인 미야자키 이쿠우宮崎郁雨와 만남.

6월 야요이彌生 보통소학교 대리교사가 됨.

8월 『하코다테 일일신문』 기자가 됨. 그러나 8월 25일에 하코다테 대화재가 발생하고 직장이었던 학교와 신문사가 모두 전소하여 퇴사. 삿포로札幌의 『호쿠몬신보北門新報』 취직.

9월 『호쿠몬신보』를 2주 만에 그만 두고 『오타루일보小樽日報』 취직.

10월 가족 모두 오타루로 이사.

12월 『오타루일보』 주필과의 불화로 퇴사.

1908년 1월
『구시로 신문釧路新聞』에 취직.

4월 주필에 대한 불만과 도쿄에서의 창작 욕구로 미야자키 이쿠우의 도움을 받아 가족을 하코다테에 남겨두고 혼자 도쿄로 감.

5월 긴다이치 교스케가 하숙하고 있던 혼고구本郷区 기쿠사카초菊坂町 세키신칸赤心館에 하숙을 정하고 소설 집필에 몰두.

9월 긴다이치 교스케와 함께 혼고구本郷区 모리카와초森川町 가이헤이칸蓋平館으로 하숙을 옮김.

11월 『마이니치 신문毎日新聞』에 소설 『새 그림자鳥影』 연재. 『묘조』가 100호로 종간됨.

1909년 1월
문예지 『스바루スバル』 창간에 발행 명의인으로 참여.

2월 『스바루』 2호에 소설 『발자국足跡』 발표.

3월 『아사히 신문朝日新聞』 교정계에 취직.

4월 『로마자일기ローマ字日記』 작성.

6월 가족 상경. 혼고구本郷区 유미초弓町에 가정을 꾸림.

10월 어머니 가쓰와의 불화로 세쓰코가 모리오카의 친정으로 가출. 긴다이치 교스케의 노력으로 복귀.
안중근 의사가 하얼빈역에서 이토 히로부미 암살.

12월 가출했던 아버지가 복귀하여 가족에 합류.

1910년 3월
작가 후타바테이 시메이二葉亭四迷의 전집 교정 완료.

5월 천황을 폭탄으로 암살하려 계획했던 대역사건이 발생하여 26명의 사회주의-무정부주의 계열 지식인들이 체포됨. 변호인 히라이데 슈平出修로부터 체포된 고토쿠 슈스이幸德秋水의 편지와 공판 기록을 받아 사건의 전말을 확인함.

8월 평론「시대폐색의 현상時代閉塞の現状」집필.

9월 『아사히 신문』에「아사히가단朝日歌壇」이 만들어지고 선자撰者가 됨.

10월 첫 가집『한 줌의 모래』원고를 도운도東雲堂 서점에 넘김. 장남 신이치真一가 출생 후 24일 만에 사망.

12월 『한 줌의 모래』간행.

1911년 1월
대역사건으로 체포된 사람들 중 24명에게 사형이 선고되고 12명의 사형을 집행.

2월 도쿄대학병원에서 만성복막염 수술.

3월 퇴원했으나 병세 악화.

6월 시집『호루라기와 휘파람呼子と口笛』집필.

8월 병세 회복을 위해 고이시카와구小石川区 히사카타초久堅町로 이사.

9월 아버지가 다시 가출.
미야자키 이쿠우가 아내 세쓰코에게 무기명으로 보낸 편지를 읽고 이를 아내의 부정이라 여겨 아내에게 이혼을 요구하고 미야자키 이쿠우와는 절교.

12월 어머니와 아내가 결핵에 걸림.

1912년 3월
어머니 사망.

4월 13일
이시카와 다쿠보쿠, 오전 9시 30분경 폐결핵으로 사망.

6월 14일 차녀 후사에房江 출생.

6월 20일 가인이자 국어학자인 도키 아이카(도키 젠마로土岐善磨)가 편집하고 제목을 정한 두 번째 가집『슬픈 장난감悲しき玩具』발간.

1913년 5월
호리아이 세쓰코 폐결핵으로 사망.

1919년
친구들의 노력으로 3권으로 구성된 첫 전집이 신초샤新潮社에서 출간.

의 국립중앙도서관 출판예정도서목록(CIP)은
서지정보유통지원시스템 홈페이지(http://seoji.nl.go.kr)와
국가자료공동목록시스템(http://www.nl.go.kr/kolisnet)에서 이용하실 수
있습니다.(CIP제어번호: CIP2020017970)

동경

초판 발행 | 2020년 5월 18일

지은이 | 이시카와 다쿠보쿠
옮긴이 | 엄인경
펴낸이·책임편집 | 유정훈
디자인 | 김이박
인쇄·제본 | 두성P&L

펴낸곳 | 필요한책
전자우편 | feelbook0@gmail.com
트위터 | twitter.com/feelbook0
페이스북 | facebook.com/feelbook0
블로그 | blog.naver.com/feelbook0
팩스 | 0303-3445-7545

ISBN | 979-11-90406-01-7 02830